Flavio Soriga
Der schwarze Regen

Flavio Soriga

Der schwarze Regen

Roman

Aus dem Italienischen
von Michael von Killisch-Horn

Sammlung Luchterhand

Für Donatella,
für unsere Tänze
unter den Himmeln des Südens

Für die Hexen, Schwestern, Freundinnen,
die meinen Namen
gesagt haben
und sagen werden

Er rannte die Stufen hinab, sein Herz schlug wie wild, sein Kopf war leer, kein Gedanke, weder Angst noch Schmerz, er rannte die Stufen hinab, gelangte zum Tor, seufzte schwer und tief, er hatte seine Liebe getötet, die ihn verlassen, alles beenden, abbrechen, ohne ihn, ohne einen Menschen von vorn beginnen wollte, der Mann trat aus dem Haus, atmete tief durch, fand die Dunkelheit der Nacht wieder: schwarz der heftige Regen, schwarz der Gehsteig der Asphalt, die vom Wasser glitschigen Häuser, schwarz die Erinnerungen die Gedanken, sein verlorenes Herz eines Mörders, schwarz der Himmel der Mond, verschwunden wer weiß wohin, schwarz die Tränen, die zu laufen begonnen hatten, schwarz die ganze Welt, regenschwarz, alles.

1

Es war kalt an jenem Morgen in Nuraiò, der graue niedrige Himmel sandte einen schweren heftigen Regen herab, und ein eisiger Wind blies aus Norden, ein wirklicher Winterwind, wie man ihn in diesem Land sommerlicher Hitze und Trockenheit kaum kennt, das Wasser schlug heftig gegen die Scheiben auf den Asphalt die Löcher die Gehsteige, die Erde hatte sich innerhalb weniger Stunden vollgesogen, dieser eisige Regen wurde allmählich zu viel.

Marta war früh aufgestanden, sie war nicht in die Schule gegangen, sie hatte keinen Unterricht, Dienstag war ihr freier Tag, freier Tag und Markttag, Einkaufstag für die Frauen von Nuraiò, nicht für sie, die in den breiten Straßen der Stadt einkaufte, sie würde den Vormittag nicht zwischen Kisten mit Obst Schuhen Käse, zwischen den dicken Matronen des Dorfs verbringen, mit ihren bunten Schals und Jeans, dunkle Eichen mit misstrauischen Augen.

Da sind sie ja, unsere Damen, die letzten der Nation, die sich einen Teufel um Cremes und Diäten scheren, die damit prahlen, dass sie viel essen, die an die Bedeutsamkeit dicker Hüften glauben, die die Schönheit misstrauisch beäugen, sich dickköpfig weigern, jung zu heiraten, sich zu Sklaven der Ehemänner zu machen und später der Kinder und Mütter und Schwiegermütter – Marta Deiana war an diesem Morgen schlechter Laune, das schlechte Wetter und Kopfschmerzen hatten sie früh geweckt, sie betrachtete die Hände, die sich auf den Ladentischen hin und her bewegten, das Geld, das aus alten, auf die Röcke gepressten Taschen geholt wurde – Die letzten Frauen der Nation, die keine Träume hatten, nicht einmal jene der Telenovelas, nicht einmal falsche Träume, nicht einmal Träume davon, sich von einem Fernfahrer-Prinzen oder wem auch immer entführen zu lassen, kein Traum, keine Diät, Frauen von Nuraiò, möge der Himmel euch gnädig sein, möge das Paradies wirklich dort sein und euch nicht auch noch das genommen werden.

Solche Gedanken hatte Marta Deiana an diesem Morgen. Aber vielleicht übertreibe ich ja, sagte sie sich, Vielleicht sind sie ja nicht wirklich so, die Frauen von Nuraiò, zumindest nicht alle: Die eine oder andere hat vielleicht wirklich Träume, nur tötet sie sie jeden Morgen, wie es ihr beigebracht worden ist, und begnügt sich damit, ihnen nachts wiederzubegegnen, vor dem Einschlafen – und sie dachte an sich selbst, an ihre übertriebenen Träume, daran, wie oft sie sie betrogen hatten, sie fühlte sich müde und besiegt von der Kälte, von der Dunkelheit des Himmels, Der Himmel, dachte sie, Eure Kraft und eure Reserve, die Rosenkränze und die Herzen Jesu, Unsere Liebe Frau der Vorsehung, Jungfrau des Verzeihens, Unsere Liebe Frau der Beständigkeit und der Eintracht, welcher Macht vertraut ihr euch an, um nicht vor Langeweile zu sterben, meine Damen, um nicht *physisch* vor Langeweile zu sterben, wie viel Energie schenken euch eure schwarzen Rosenkränze?

Die Stirn an die Scheibe gepresst, ein halb unterdrücktes Gähnen auf dem Mund, fragte sich Marta Deiana, was diese Frauen wohl Tag für Tag antreiben mochte, denn sie fühlte sich, wenn es hell wurde, verloren, wie tot, erledigt.

Liebe, nein, Liebe kennen sie nicht, sagte sie sich, aber dann lächelte sie, nannte sich eine dumme Gans, auch sie hatten bestimmt Liebschaften, wie alle, nur versteckter und verschwiegener als ihre, Normaler, kam es ihr in den Sinn, Genau das ist das Problem: *normale* Liebesbeziehungen zu haben, und *normale* Leidenschaften und ein *normales* Leben, und in Nuraiò bist du willkommen und beliebt, und sie dachte an ihre Liebesbeziehungen und lächelte erneut und warf der Straße einen Kuss zu, ihrem jungen Geliebten, den sie heute Abend sehen würde.

2

Maresciallo, rief Meloni aus dem anderen Zimmer, Wie wollen Sie Ihre Hörnchen, mit Sahne?

Ja, antwortete Crissanti, er schaltete den alten Computer aus, nahm das Buch, öffnete es, suchte die Markierung, so besonders war er nicht, dieser Krimi: die Empfehlung einer Hochglanzzeitschrift eines brillanten Journalisten, durch den er vor Jahren die Ironie eines katalanischen Detektivs entdeckt hatte, aber seit einiger Zeit waren die guten Empfehlungen selten geworden, meist waren es mittelmäßige Bücher, solche, die in den Literaturspalten erwähnt wurden, erbauliche Geschichten für Vierzigjährige ohne Glaube Utopie Träume, die sich in die Bewunderung für die Ordnungskräfte geflüchtet hatten, Geschichten, die ab einem bestimmten Punkt immer schlecht ausgingen für die Bösen.

Ich halte es nicht mehr aus, sagte sich der Maresciallo nach einer halben Seite, schnaubte, schleuderte das Buch wütend gegen die Tür, stand auf, ging zu dem kleinen Regal über dem Kühlschrank, stöberte zwischen Melonis Comics, fand den alten Band mit dem weißen Umschlag und den losen Seiten, dessen Bindung kaum noch hielt.

Sein sizilianischer Schriftsteller, voller Skepsis und schreckliche Szenen beschreibend, verzweifelt und selbstgefällig, aber niemals dumm, altmodische Krimis, ohne geniale Lösung auf der letzten Seite, sein sizilianischer Schriftsteller, Meister eher der Fragen als der Antworten, Balladen von Menschen, die beunruhigt sind, stumm leiden, sich fehl am Platz fühlen und sich deswegen nicht schämen, Fragen und Wut und wenige Antworten und kein glückliches Ende, nur weil der Leser es so will, Tote, die ihrem Schicksal nicht entkommen, und Lebende mit schlimmen Krebsgeschwüren und unterdrückte Grimassen und Diener eines verräterischen Staates und ausgelassene Tänze des letzten Tages und vieles mehr.

Er schlug den alten Roman auf, machte es sich wieder auf seinem Stuhl bequem, es geschah nie etwas in Nuraiò, in Kürze würde der Gefreite mit dem Mittagessen zurückkommen, seine Pasta essen und die Hälfte von Crissantis Portion, würde eine Camel anzünden und dem Maresciallo eine anbieten, die der ablehnen würde.

Langweiliger Vormittag, draußen regnete es heftig und es war wie Nebel in den Straßen, man bekam keine Lust, vor die Tür zu gehen, sich die Beine zu vertreten, den Jeep zu nehmen, ein bisschen aufs Land zu fahren.

Es geschah nie etwas in Nuraiò, Crissanti kehrte zu seinem Buch zurück.

Der Gute würde vor der letzten Zeile sterben, der Böse würde weiter morden, seine Zementgeschäfte und Missbräuche fortsetzen, aber den Leser interessierte das nicht, Martino Crissanti interessierte das nicht, Weil die guten Geschichten auch so enden können, mit einer ungerechten Kugel im Rücken des Helden, dachte der Maresciallo, Weil es in den guten Büchern vorkommt, dass die Dinge nicht gut ausgehen und der Tod kein Pfand zahlt.

Er ließ sich von der Geschichte entführen, dachte an nichts mehr, draußen regnete es, es war Vormittag, aber es schien, als sei bereits Abend, es geschah nie etwas in Nuraiò.

3

Es regnete in Strömen, es regnete seit dem Vorabend, Nicola Rau hatte schlecht geschlafen – der Regen schlug gegen die Fensterscheibe –, um Viertel vor sechs stand er auf, vorsichtig, ganz vorsichtig, um die Frau nicht zu wecken, setzte die Füße auf die eiskalten Fliesen, trottete gähnend und hungrig zur Küche und zum Kaffee, stellte den Kaffeekocher aufs Feuer, setzte sich auf den intarsiengeschmückten Holzstuhl, die Augen auf den tiefdunklen Himmel, den Garten, die nasse Straße gerichtet. Verdammter Regen, flüsterte er, goss den Kaffee in die kleine Tasse, nahm einen Zwieback und setzte sich wieder, trank die heiße Flüssigkeit und betrachtete seinen Penis, der die Seide des Pyjamas spannte. Guten Tag, sagte er zu seiner schlechten Laune, zum grauen Dienstag, der vor ihm lag, zum Fettring seines Bauchs, zu dieser sinnlosen Erektion.

Es war Dienstag und er musste sich rasieren, ein sauberes Hemd suchen, es regnete und er musste in die Stadt fahren, in sein Büro, zu seinem Schreibtisch, es regnete und es war kalt und er musste sich warm anziehen, einen Pullover unter der Jacke tragen, die Frau würde bald aufwachen, sie würde mit ihm im Bad sein, verschlafen freundlich sanft, wie sie morgens immer war, sie würde ihn fragen, Gut aufgewacht?, Geht so, würde Nicola Rau antworten, Schlecht geschlafen und nicht besonders gut aufgewacht, so lala.

Es war Dienstag und er musste Überstunden machen, vielleicht würde er sogar bis spät in die Nacht im Büro bleiben, er könnte irgendeine Geschichte für die Frau erfinden, ein Abendessen mit den Kollegen, ein Film mit seinem ledigen Freund, irgendeine Geschichte, um frei zu sein und zu Marta nach Nuraiò fahren, ihren Hals küssen, ihr Parfum riechen, sie bitten zu können, es noch einmal zu versuchen, obwohl er bereits wusste, dass es unmöglich war, dass es Zeit war, Schluss zu machen, zu vergessen, sich zu vergessen.

Schon auf?

Die Stimme seiner Frau ließ ihn zu dieser Stunde des Morgens immer erschauern, entspannt ruhig wie Wolle auf der Haut, wie schaffte sie das nur, sich so gut zu fühlen, wenn sie die Augen öffnete? Bei einem so einladenden Himmel, teer- und brunnenfarben, wie stellte die Frau es nur an, sich *immer* wohl zu fühlen, fragte er sich, als wäre dies die wichtigste Frage seines Lebens, Ich habe heute Nacht wenig geschlafen. Sie kam zu ihm, küsste ihn auf die Stirn, Du Armer, sagte sie, Du solltest nicht so viel Kaffee trinken, das hindert dich am Schlafen.

Sie lächelte, sie hatte ein gewöhnliches Gesicht mit zu schmalen Lippen, kleinen Augen, die nicht leuchteten, blond gefärbte Haare, die nicht zu ihrer Haut passten, Sie ist hässlich, dachte Nicola Rau einen Augenblick, als junger Mann hatte er gedacht, man könnte für die Schönheit sterben und jemanden wegen einer aufregenden Frau töten, und jetzt betrachtete er seinen Bauch und fragte sich, wie es möglich war, dass die Vergangenheit im Nichts verschwunden, das Feuer einfach so verloschen war.

Ich habe eine Überraschung, sagte die Frau und reichte ihm ein Päckchen.

Was ist es?

Mach es auf. Ich liebe dich.

Nicola seufzte leise. Ich liebe dich auch, sagte er, suchte ein Lächeln, fand nur ein halbherziges.

Er liebte sie nicht, Nicola Rau liebte nichts und niemanden mehr, weder dieses Haus beinahe reicher Leute noch seinen Seidenpyjama, weder die Bibliothek aus Kastanie noch die Erstausgaben von Deledda, Ich hasste die Reichen, sagte sich der Mann, während er das Geschenk auspackte, Ich wollte sie hängen und mit Schlamm beschmieren, ich schrie es auf den Plätzen und in den Konzerten hinaus, ich schrieb es und sang es und glaubte daran, und jetzt sitze ich hier mit dieser hässlichen Frau und nichts hat mehr einen Sinn.

Es war ein schönes Geschenk, ein schwarzes Mobiltelefon, kleiner als seine Hand, Danke, sagte er zu seiner Frau und küsste eine ihrer Brustwarzen durch den leichten Stoff des Nachthemds, Das war doch nicht nötig, sagte er, sie antwortete nicht, entblößte ihre Brüste, streckte sie ihm zum Liebkosen zum Hineinbeißen entgegen, dann ging sie vor dem Mann in die Knie, zog seine Pyjamahose seine Boxershorts hinunter, entblößte die Erektion, die sich geweigert hatte zu sterben nachzulassen, blickte ihrem Mann fest in die Augen, sagte zu ihm, Ich liebe dich, Nicola, ich liebe dich, dann sagte sie nichts mehr.

Guten Morgen, wiederholte der Mann in seinen Gedanken, draußen regnete es heftig.

4

Pater Alberto starrt auf den Platz, auf dem Kopf den Wollhut des seligen Großvaters, in den Ohren einen Schlager, den er vor einer Stunde im Radio gehört hat, während er seinen Bart stutzte.

Verflucht, zischt er zur Stille, die ihn umgibt, was für eine Scheißkälte.

Im Haus gegenüber öffnet sich ein jahrhundertealtes Tor, ein alter Mann kommt heraus, in seinen Flanellmantel gemummelt, winkt ihm zu, der junge Priester erwidert den Gruß.

Ein Scheißtag, um auf die Felder zu gehen, denkt er.

Und was kann man auf dem Land schon tun in diesem strömenden Regen?

Der Alte muss ein Verwandter von ihm sein, daran glaubt er sich zu erinnern, aber der Name fällt ihm nicht ein, Ich kenne niemanden mehr in diesem Dorf, sagt er sich, Ein paar Jahre im Seminar und schon kommt mir alles fremd vor, dieser Platz, der ockerfarbene Kirchturm, die alten Verwandten.

Er schlägt die Hände kräftig gegen die Hose, steht auf, bewegt die Beine. Eine teuflische Kälte, denkt er, Wenn Don Mulas nicht endlich kommt, krepiere ich.

Er starrt wieder auf die Straße, zwei alte Weiblein kommen vorbei, eng nebeneinander, als hätten sie sich untergehakt, hinkend und schwarz gekleidet, Der Herr sei mit Ihnen, begrüßen sie den Priester im Chor, Jetzt und immerdar, erwidert er, Einen schönen Tag, er lüpft den Hut, um sie ehrerbietig zu grüßen, Unglücksraben, fügt er leise hinzu, Dieser Priester kommt nicht, ich warte noch zwei Minuten, was soll's, dann fahr ich eben ohne Abschied.

Doch Don Mulas kommt, er taucht aus dem Gässchen hinter der Wiese auf, träge und fett, mit offenem Lächeln und breiten Zähnen, reicht dem jungen Mann die Hand, rezitiert irgendwas Lateinisches, Kommst du mir mit hinein, Albe', bist du verärgert?, fragt er und stößt das Portal mit einem entschiedenen Stoß, der im Kirchenschiff dröhnend widerhallt, weit auf.

Muffiger Geruch nach Erde und nassem Asphalt, nach Staub und morschem Holz und Wachs und Weihrauch, Heiliger Gott, denkt Don Sannìo, der junge Priester, Ich werde mich nie an diesen Todesgestank gewöhnen, er folgte dem anderen durchs Kirchenschiff, bis hinter den Altar, in die Sakristei.

Na, mein Sohn, fertig zur Abreise? Don Mulas setzt sich in seinen schwarz bezogenen Sessel und blickt dem jungen Mann in die Augen.

Er kennt ihn, seit er ein Kind war, er erahnt jeden seiner Gedanken jede Angst jeden Zweifel, kennt seine Vorzüge und seine Fehler, seine Sünden und die entgangenen Versuchungen, er weiß, dass er Priester geworden ist wegen des Knies, das ihn verraten hat, wegen der zerstörten Karriere, wegen der gescheiterten Träume, er weiß, wenn vor ein paar Jahren nicht dieses Spiel gewesen wäre, würde der Junge jetzt auf dem Kontinent einen Sportwagen fahren, trinken und rauchen und fluchen wie alle Teufel seines Alters, er weiß alles von ihm, Don Mulas, aber er wird ihm heute Morgen nicht die Leviten lesen, danach steht ihm nicht der Sinn, er wird ihm eine gute Reise wünschen und ihm schweigend seinen Segen geben, sonst nichts.

Ja, ich reise morgen in aller Frühe.

Das Heilige Land?

Jerusalem, Nazareth, Bethlehem, Cara und Rückflug von Tel Aviv. Ein Geschenk des Herrn Bischof.

Er ist ein kluger und großzügiger Mann, Alberto, enttäusche ihn nicht, streng dich an und du wirst von der Zukunft alles bekommen, was du dir wünschst.

Während der letzten Worte blickt er dem jungen Mann fest in die Augen, Pater Alberto streicht über seine ausgefranste Jeans, Jetzt fängt die Predigt an, sagt er sich, aber Don Mulas hat wie immer in seinen Gedanken gelesen, sein Gesicht erstrahlt in einem breiten heiteren Lächeln, Ist schon gut, sagt er und macht eine Handbewegung, als wollte er eine Fliege verscheuchen oder eben einen unangenehmen Gedanken, Ist schon gut, ich bin ein arger Quälgeist, ich schaffe es immer wieder, jemanden nachdenklich zu machen, der eigentlich unbeschwert sein, beten und seinen Spaß haben sollte. Diese Reise wird dir doch Spaß machen, oder?

Da bin ich mir sicher, sagt der junge Priester und denkt, während er das sagt: Hoffentlich habe ich heute Abend meinen Spaß, hoffentlich gelingt es mir heute Abend, wenn ich vor Marta stehe, ruhig zu bleiben, sie zu küssen und sie um Verzeihung dafür zu bitten, dass ich ihr wehgetan habe, sie zu bitten, mich zu vergessen, nach Hause zu gehen und ruhig zu schlafen, ihre Augen zu vergessen, ich pfeif auf sie in Palästina, ich pfeif auf den Bischof, das ist vorbei, morgen reise ich ab und dann geben sie mir die Stelle.

Ich will dir etwas schenken, sagt Don Mulas, erhebt sich von seinem Sofa und beginnt in den Fächern einer alten Anrichte mit riesigen Schubladen und geschliffenen Spiegeln herumzusuchen.

Pater, sagt Alberto zu dem alten Priester, der nicht findet, was er sucht, und immer weiter Tücher und Päckchen und Kandelaber und Rosenkränze herausholt, Lassen Sie es gut sein, Pater, wirklich, ich brauche nichts, nur Ihren Abschiedsgruß.

Warte, warte, ich hatte es hier, ich bestehe darauf … da ist es ja!

Und endlich richtet er sich auf, in der Hand ein Silberdöschen, das älter als das Kruzifix nebenan, als der Kirchturm, als das ganze Land sein mag, Was zum Teufel ist das, denkt der junge Priester, er sagt nichts, Don Mulas liest die Frage von seinem Gesicht ab.

Ein Hostienbehälter, ich habe ihn vor langer Zeit gekauft, eine Reise nach Lourdes. Ich glaube, er ist antik.

Der junge Mann runzelt die Stirn, Das sollen Sie doch nicht, sagt er, Wirklich, Pater, das ist nicht nötig.

Rede keinen Unsinn, Alberto, ich will es so – er drückt

ihm das Geschenk in die Hände, er wirkt gerührt, der junge Priester antwortet ihm mit einem höflichen Lächeln, beginnt zu überlegen sich zu erinnern sich Fragen zu stellen über diesen alten Priester über sein Leben über seine Kindheit, fragt sich Wer bist du, Priester Mulas, dass du mir dieses Schmuckstück aus Silber schenkst, ist das dein wahres Gesicht?, erinnert sich an seine Predigten, die er immer schon sterbenslangweilig gefunden hatte, und die Rügen wegen der Kragen, die zu armselig für die Totenmessen waren, und die Freude des Mannes angesichts des bis zum Rand mit Münzen gefüllten Korbes, sein breites Lächeln, wenn er die erdigen Hunderttausendlirescheine berührte, und die Tarife für Hochzeiten und Taufen, an denen nicht zu rütteln war, Wer bist du?, fragt sich Alberto Sannìo und starrt in die glänzenden Augen des Pfarrers, und er erinnert sich wieder an die sterbende Tante Norina und die nächtlichen Gebete des Priesters am Bett der Frau, seine Tränen, als sie ihren letzten Atemzug tut, und das Gebrüll von der Kanzel eines Sonntagmorgens, das hysterisch verzerrte Gesicht des wütenden Don Mulas, der Tonino Orsetto ein perverses Tier nennt, einen gottverdammten Sünder, weil er während der Beichte von der Liebe des Jungen zu seinem Vetter erfahren hatte. Wer bist du?, fragt sich Alberto Sannìo und starrt seinen Pfarrer an, Wer bist du, fetter Mann, der du mich mit einer Träne verabschiedest?

Er sagt nichts, Alberto Sannìo, niemand sagt etwas, morgen reist der junge Mann ins Heilige Land, er wird als besserer Mensch zurückkommen, eine Reise der Buße und des Nachdenkens, Bischof und Pfarrer sind sich einig, dass sie ihm gut tun wird, dass er sie vergessen wird, dass jeder mal einen Fehler macht, aber er ist so tüchtig, zungenfertig eifrig, der geborene Prediger, fleißig aufmerksam, er wird darüber hinwegkommen, Fahr und amüsier dich, denkt der fette Priester, Und vergiss die Fußballträume und die Geliebten des Dorfes und deine Jugend, die vorbei ist, jetzt beginnt der Ernst des Lebens, tu alles, damit er so wenig unangenehm wie möglich wird.

Er sagt nichts, Don Mulas, niemand sagt etwas, Pater Alberto hängt noch immer seinen Gedanken nach, erinnert sich an die Worte des Herrn über die Armen im Geiste, denn ihrer ist das Himmelreich, und die Seligen und Don Abbondio, die keine Geliebten und keine Sünden zu büßen, keine Lehrerinnen zu verlassen und keine quälenden Gedanken haben, die sie nicht schlafen lassen, Was soll's, denkt er, morgen reise ich ab.

Gute Reise, sagt Don Mulas in die Stille hinein.

Danke, Pater, von ganzem Herzen danke.

Sie umarmen sich, draußen stürmt es, es ist teuflisch kalt.

5

Es war ihr Jahrestag, nicht ihr Hochzeitstag, denn daran hätte er sich erinnert, so etwas wie das erste Mal, als sie sich im Büro begegnet waren, als sie im selben Amt arbeiteten, einer der tausend möglichen Jahrestage, die man gern begeht. Deswegen also das Mobiltelefon, er begriff es in dem Augenblick, da er das Dorf verließ, um auf die Schnellstraße zu fahren, der chaotische Verkehr der Regentage, Staus und Schlangen vor den Ampeln, ein grauer Dienstag ohne Licht am Himmel, Jahrestag wovon? Er nahm das Geschenk in die Hand, starrte es an, dunkel wie dieser Tag, wie Nicola Raus Gedanken, er wählte die Nummer der Stadträtin.

Sara? Passt es dir, irgendwo mit mir zu Mittag zu essen, gegen zwei? Wo du willst, möglichst weit weg.

Einverstanden, sagte die Frau. Aber um drei muss ich wieder am Computer sein, heute Abend ist die Sitzung des Gemeindeausschusses, eine Scheißzeit gerade.

Sie verabschiedeten sich und legten auf.

Am liebsten würde ich heute gar nicht ins Büro gehen, ich fahr ans Meer und schau mir die Wellen an, oder zum Hafen und hör mir die Geschichten der Fischer an. Schreibe Verse wie früher. Denke nach phantasiere träume, lasse die Gedanken ziellos schweifen, eine Terrasse in Marrakesch, eine Wohnung mit blau-weißen Fliesen, Wandteppichen an den

Wänden, Pferde und Sand und Wüste, arabische Freunde, mit denen ich über Leben und Tod spreche, ein Urlaub in Sevilla, die Farben, die Schwüle, die Gerüche, Fotografien von Holztüren, ein Urlaub, um Mädchen zu suchen, die mich küssen und verführen wollen, Zimtgeruch und türkischer Tee, rote Hemden von Mauren, maghrebinische Träume.

Am liebsten würde ich zu Sara nach Hause fahren, ich habe die Schlüssel, ich kaufe einen Strauß Rosen, bereite das Mittagessen vor, um zwei ruf ich sie an, sag ihr, dass ich bei ihr auf sie warte, wir lieben uns auf dem Sofa im Wohnzimmer, rauchen ohne zu reden, stumm vor Glück.

Warum habe ich geheiratet, fragte sich der Mann, was genau ist es gewesen, die Angst, allein alt zu werden?

Dann kam ihm ein anderer Gedanke, eine Idee, über die er schmunzeln musste, während er in die von Autos verstopfte Stadt hineinfuhr, in diesen Regen, der nicht aufhörte: Wie viele Geliebte hatte er in seinem Leben gehabt? Wie viele Frauen hatten seinen Namen gesagt, an seiner Brust ruhend, in der süßen Umamung nach dem Sex?

Seine Geliebte hat kurzes rotes Haar, Augen wie starker Kaffee, sie blickt Nicola Rau fest in die Augen, wenn sie ihn küsst, zieht ihn wegen seines runden Bauchs auf, Er steht dir, Nicola, schau nur, wie gut er dir steht, du machst dir zu viele Gedanken wegen dem bisschen Fett, er ist nicht einverstanden, es ist nicht so sehr eine Frage des Aussehens, es ist die Erinnerung an seine entschwundene Schlankheit, an die rebellischen spitzen Knochen von einst.

Das Meer, schließlich haben sie sich für das Meer entschieden, ein Tisch aus zersplittertem Holz in der ersten Bar am Strand, die Schuhe im feinen Sand versunken, die Augen voller Blau, der kalte Nordwestwind dringt nicht zu ihnen, der Winter stört sie nicht, der Salzgeruch der an der Strandlinie angehäuften Algen, die Sonne, die lau lächelt, ein Kaffee und ein frisch gepresster Saft auf dem Tisch, sie sprechen leise, sie wickelt den Schal immer fester um den Hals, von Zeit zu Zeit befreit sie die Lippen, um an der Zigarette zu ziehen.

Eine Ruhepause, es regnet nicht, wenigstens nicht in der Stadt, in Nuraiò vielleicht schon.

Also, wann hörst du endlich damit auf?, fragt die Frau Nicola, Mich einmal im Monat anzurufen, wenn dir gerade danach ist?

Der Mann will nicht streiten, außerdem weiß er nie genau, wann Sara wirklich wütend ist und wann sie ihn nur aufzieht, mit wachen Augen auf seine Reaktion lauernd.

Du riechst wunderbar, sagt der Mann zu ihr, er zieht ihr den Schal vom Hals, presst sein Gesicht auf ihre Brust, atmet den Geruch von Wolle und Gewürzen, von Frau und Seide ein.

Wie viele Geliebte habe ich in meinem Leben gehabt? Die Frage kehrt zurück, während er den Kaffee austrinkt, begleitet von einer anderen: Wie viele mag sie gehabt haben, Sara mit den goldbraunen Brüsten?

Wie viele Liebhaber hast du in deinem Leben gehabt, Sara?

Sie lächelt, starrt auf die Wellen, antwortet mit einer Frage.

Du bist heute Morgen nicht zur Arbeit gegangen, stimmt's?

Er ist nicht gegangen, er ist weiter durch die Straßen von Castello gefahren, hat gegenüber der Mole geparkt, einen Kaffee unter den Laubengängen getrunken, alte zerkratzte Platten durchstöbert, Einbände aus runzligem Leder, lächelnde Schwarze in schimmligen Garderoben, Chet Baker und seine Posaune, das Lächeln einer hübschen Verkäuferin, Vielleicht weiß sie etwas darüber, hatte Nicola sich gefragt, Über die zitternden Hände des alten Amerikaners, über die gelb gewordenen Zähne und die harte, vom Alkohol angeschwollene Leber, die Verkäuferin blickte ihn stumm an, mit wachen lebhaften Augen, Wer weiß, für sie bin ich vermutlich ein alter Knacker, er hatte bezahlt, war hinausgegangen, hatte sich an ein Tischchen nebenan gesetzt, ein zweiter Kaffee, er hatte sich in den Worten der Platte verloren, ein paar Notizen auf seinem gelben Block, wenige Verse, Winterworte, er war zum Hafen zurückgekehrt, in seine Erinnerungen versunken, Martas Gesicht und das von Sara, die Jugendlieben und die Mundharmonika am Mund, die im Largo gekauften und geklauten Bücher, die Partys in den Räumen unter der Treppe, die Chöre und Umzüge, die Mundharmonika und die Gitarre an den Nachmittagen bei der Bastion, die Liedermacher, außer sich vor Wut, gesungen gebrüllt im schlechten Englisch von Nuraiò, nie gehörte Drogendichter, Propheten von nie gehörten Welten, Wut und Lust zu töten Heilige Väter Amulette, Grafen Gräfinnen Stadträte, Herr Hood und ihr imaginäres Bologna, die dunklen Laubengänge jener bekannten mittelalterlichen Stadt in den Strophen, die Wut von Schriftstellern der weiten grenzenlosen Welt, Amerika, wer weiß, ob es das wirklich gibt, irgendwo, den ganzen Vormittag verschwommenen Erinnerungen nachgehangen, Nicola Rau, Worte auf den Block geschrieben, Zeit verschwendet wie ein Junge unter Segel.

Na, antwortest du mir nicht?

Ich bin nicht zur Arbeit gegangen, die Luft war so merkwürdig, halb Unwetter halb Frühling, ich hab mich herumgetrieben. Und du, antwortest du mir nicht?

Wie viele Liebhaber ich gehabt habe? Was ist das denn für eine Frage, Nicola?

Saras Schönheit, er hatte sie nie so deutlich bemerkt, die glatte Haut, die Farbe der Lippen, war sie schöner als Marta? Schöner vielleicht nicht, gewiss aber jünger, leichter und klarer. Was machte Marta zu dieser vormittäglichen Stunde, warum eilte er nicht zu ihr küsste sie entführte sie?

Ich hab dich gern, sagte er zu der Frau, die ihn lächelnd ansah, er küsste ihren Hals, sie mummelte sich in ihren Mantel, strich ihm über die Haare, Du bist ein verrückter Kerl, flüsterte sie, Du bist ein kleiner Junge, sie glitt mit einer Hand unter seinen Pullover, streichelte seine warme Haut, zwickte eine seiner Brustwarzen, Du bist ein verrückter Kerl, Hast du Lust, mit zu mir zu kommen?

Musst du nicht um drei im Büro sein?

Ich geh nicht, ich spiel auch das kleine Mädchen und mach blau. Fährst du? Sie stand auf, nahm ihre Handtasche, trank ihren Saft aus. Fahren wir nach Nora, einverstanden?

Er stand ebenfalls auf, ging an die Kasse, bezahlte, folgte ihr auf der villengesäumten Palmenallee, es hatte wieder zu regnen begonnen, aber nur leicht.

6

Maresciallo, bist du beschäftigt?

Nein, nein … ich wünschte, ich wäre es, mein Freund. Ich habe nichts zu tun, ich sterbe vor Langeweile.

Wenn du zu mir kommst, lade ich dich zu einem Kaffee ein.

Einverstanden, in zwanzig Minuten.

7

Alberto Sannìo ist mit sechzehn ein dürrer Bursche mit länglichem Gesicht, alten abgelaufenen Nagelschuhen, ein Nervenbündel, das rennt und den Ball erwartet, annimmt, lossprintet, nach vorn zuspielt, niemand überwacht ihn, die Verteidiger kommen nicht vom Fleck, verlieren Meter, er dribbelt kaum, denn das ist nicht seine Spezialität, laufen laufen dicht am Ball und den Kopf hoch erhoben, Alberto Sannìo sieht den Stürmer vor allen anderen, wenn er ihn umrennt, hat er auf den Zentimeter genau Ziel genommen, Alberto ist sechzehn, seine Sporthosen hat die Mannschaft bezahlt, denn an Geld ist nicht zu denken, sein Vater der Geizhalz wirft sein Geld nicht für Fußball zum Fenster hinaus, die Auswärtsspiele die Ausstattung, alles vom Club bezahlt, der Mister grinst durchtrieben, verfolgt die Sprünge des Tigers über den Streifen, reglos mitten auf dem Feld scheint Alberto minutenlang abwesend zu sein, dann ein ehrlicher Kampf, ein erneutes schnelles Lossprinten, schneller eleganter als alle anderen, Außenstürmer, und wenn er so weitermacht, wenn Cagliari ihn nimmt, zum Teufel auch, was für ein Feuer hat der Bursche, schmale Schultern und große Augen, wenn er keine Dummheiten mit Drogen und Hasch macht, wenn er auf dem rechten Weg bleibt, führt Albertino uns zum Sieg in Serie, mit sechzehn fester Spieler, Teufel, was kann der Bursche rennen.

– Mit achtzehn hat Pater Alberto das Gymnasium beendet, er melkt die Kühe hinter der Kirche, morgens um sechs, dann schnell zu Meister Corrias drei Stunden Drechslerlehre, dann allein zum Laufen in die Natur, nachmittags bis Sonnenuntergang auf dem Fußballfeld, Maria Scano küsst ihn auf den Mund, sie liegen auf der Erde im Eukalyptuswäldchen, sie streichelt seine Beine und küsst seine schmächtige Brust, Ich liebe dich, sagt sie alle fünf Minuten zu ihm, Noch zwei Jahre und ich gehe mit dir weg, antwortet er, Ich schwöre es dir, wir lieben uns in unserer eigenen Wohnung, auf dem Kontinent, ich kaufe einen Wagen mit Verdeck und der Wind bläst uns beim Fahren ins Gesicht, weit weg von deiner frömmlerischen Mutter und von meinem Papa Scheißschäfer, der nicht kapiert, dass ich mit dem Fußball Geld verdiene, Geld mit Fußtritten in den Arsch, Schluss mit dem Seminar und Pater Alberto –

Signora Arega hat Don Mulas dem guten Pater die heißen Kringel gebracht, der Mann macht eine abwehrende Handbewegung, der Geruch von Gebackenem erfüllt den Raum, und von Kerzen und Schimmel und vom mittlerweile vergilbten Papier der gestapelten alten Zeitungen, Das sollen Sie doch nicht, liebe Signora, das war doch nicht nötig, Es ist mir eine Freude, Pater Mulas, eine wirkliche Freude.

Signora Arega mager wie ein Hering, langer Rock bis zu den Schuhen, Signora Arega schaut Don Mulas tief in die Augen, Pater, fleht sie, Sie müssen mit dem Jungen reden, denn er ist zwar herzensgut, aber er verliert schnell den Kopf, er ist ein Nervenbündel wie sein Vater, früher oder später gehen sie mit den Fäusten aufeinander los, mein Gott, er lernt so gut, er hat ein so gutes Gedächtnis, man glaubt nicht, dass er der Sohn eines Schäfers ist, und diese fixe Idee, auf dem Kontinent Fußball spielen zu wollen, die müssen wir ihm ausreden, Pater, im Seminar wäre er perfekt.

Der fettleibige Priester schnaubt, legt die großen Hände in den Schoß, Was für Dummköpfe diese beiden, denkt er, Immer die gleiche Geschichte, als könnte sie seinen Kopf öffnen und ihm die Ideen hineinstopfen, die ihr genehm sind, ein braver Junge, Alberto, aber nervös und wunderlich und überheblich, ins Seminar wird er nicht einmal tot gehen, was sage ich dieser verrückten Alten nur?

Eines Nachmittags im April nimmt Alberto den Zug in die Stadt, kommt am Bahnhof an, trinkt einen Cappuccino in der Bar Moderno, tastet in der Tasche nach den Münzen, isst auch noch eine Pasta, geht auf den Platz hinaus, der voller Bauern ist, die aus den Bussen steigen, es bleibt ihm noch etwas Geld, zu Mittag hat er nichts anrühren können, die Mutter hat Sachen gekocht, die wie Ziegelsteine im Magen liegen, Pasta mit Salsiccia und geschmortes Lamm, er hat vor Aufregung nichts heruntergebracht, erst jetzt geht es ihm etwas besser, in einer Stunde ist das Probetraining.

8

In zwanzig Minuten waren sie am Meer, die Villa lag versteckt zwischen den Blumen und den Eukalyptusbäumen, die Mauern fingen die Sonne ein und reflektierten das Licht im ockerfarbenen Verputz, der Himmel war blau wie im Sommer, die schlechte Jahreszeit schien nie angekommen zu sein auf diesem Hügel, der auf die Bucht und die Lagune blickte, die weißen Wolken empfingen die Liebenden, langsam über den Garten und das Haus ziehend, Nicola Rau folgte der Frau ins Wohnzimmer, von der Glastür aus konnte man das blaue Meer und den spanischen Turm und die römischen Ruinen sehen, bald würden die Lilien zwischen den kleinen Dünen sprießen, der heftige Regen von Nuraiò schien tausend Kilometer entfernt, und das Chaos der Stadt und die Menschenmenge unter den Laubengängen, Nicola Rau machte Feuer im Kamin, trockene Sträucher dünne Äste Wurzeln, dicke knorrige Stämme, er zündete sie an sank in den Sessel, betrachtete die Stadträtin lächelte, Du bist wunderschön, sagte er, sie kam zu ihm, küsste ihn auf die Stirn, dann drehte sie sich um und verschwand hinter einer Tür.

Ein gestohlener Nachmittag, das Meer beruhigte ihn, diese Frau, die er zufällig kennen gelernt hatte, eines Abends im November vor einem Jahr, diese rothaarige Frau, heimliche Geliebte jung lebhaft aufregend, sie sprachen nie viel, sahen sich lieber an, liebten sich, sie war anders als Marta, sie hatten nie über ein Buch gesprochen, Gedichte gelesen, zusammen einen Film angesehen, über die Qualitäten des Regisseurs gestritten, über die Musik die Geschichte, Sara war Haut und Gerüche, Sex und entspanntes Schweigen.

Wie viele Liebhaber mochte sie in diesem Augenblick neben mir haben, das Feuer knisterte und verhexte ihn, der Mann ging in die Küche suchte nach Wein, fand einen Rosé nahm ihn, füllte zwei Gläser, kehrte ins Wohnzimmer zurück, außer Atem.

Er hatte Sara eines Abends im November kennen gelernt, im Institut für spanische Studien, eine alte Wohnung in Stampace, Nicola Rau wollte sich informieren, Zeiten Preise Unterrichtsstufen, er wartete auf die Sekretärin vor der Tür des Büros, Sara rauchte im Vorzimmer eine Zigarette zu Ende, der Mann sah sie lächelte ihr zu, sie machte den letzten Zug und verschwand im Klassenzimmer, GRUNDKURS stand an der Tür, Nicola Rau schrieb sich ein, der Kurs begann an diesem Abend, er starrte sie den ganzen Unterricht hindurch an, sie würdigte ihn keines Blicks.

Eines Abends gelang es ihm, mit ihr zu sprechen, in der Pause, beide an einer Camel hängend, nur ein paar Sätze, am nächsten Abend setzten sie sich nebeneinander, der Mann versteckte eine getrocknete Blume zwischen den Seiten des Notizbuchs, am Abend darauf eine Klimt-Postkarte, ein Lied von Capossela, eines Freitags trafen sie sich im Lift, Na, sagte die Frau zu ihm, Lädst du mich zum Abendessen ein oder tauschen wir weiter Briefchen aus?

Wäre es nicht schön, weiterhin Briefchen auszutauschen,

leise beim Hinausgehen miteinander zu sprechen, einen Freund zu bitten, ein Treffen zu organisieren?

Sie sah ihn an, lächelte, fragte sich, wie alt er sein mochte, näherte sich seinem Gesicht und küsste ihn auf die Lippen.

Das Feuer hinter Sara brannte, Flammen hoch wie Fahnen, Orange- und Dattelrot, Lippenrot und Blut, die Frau trug ein schwarzes Höschen sonst nichts, sie saß auf der Kante eines Korbstuhls, mit dem Rücken zum Kamin, blickte Nicola Rau in die Augen, mit der rechten Hand hielt sie eine ihrer Brüste, die Beine leicht gespreizt, der Streifen aus Seide bedeckte ihr Geschlecht, dünn schmal, Gib mir das Glas, sagte sie zu ihrem Liebhaber, er gehorchte, sah ihr zu, wie sie den Wein an die Lippen führte, kniete sich vor sie, küsste ihre Knie ihre Beine, ging mit den Lippen der Zunge den Zähnen nach oben knabberte ihre Haut flüsterte Ich liebe dich, das Feuer wärmte sie, das Licht war schwach, der Mann fuhr fort, sie zu küssen und zu liebkosen, sie zog den Slip aus, ließ sich auf den Fußboden gleiten, die Arme hinter dem Rücken aufgestützt, gebogen geöffnet geschmeidig, Nicola Rau dachte an nichts, fühlte sich wohl, das Meer grollte dort draußen, der Winter war anderswo, weit weg.

9

Es war elf, als Crissanti bei dem jungen Mann eintraf, er fand ihn in Morgenrock und Pantoffeln, er war gerade erst aufgewacht, sein Gesicht war aufgedunsen, dunkle Tränensäcke verschwiemelte Augen, Hast du schlecht geschlafen?, fragte der Maresciallo, Ich schlafe immer schlecht, erwiderte er.

Draußen regnete es noch immer, eine Art dicker Nebel bedeckte den Asphalt die Erde die Häuser, grauer und niedriger Himmel, im Haus des jungen Mannes lagen Reisig und Eichenwurzeln in einem riesigen Kamin, dunkle braune Kerzen brannten auf einem Tischchen, aus einem Zimmer drang die heisere Stimme von Marlene Dietrich, es roch angenehm nach Wachs und verbranntem Holz, Crissanti zog seinen Mantel, die Jacke mit den Rangabzeichen aus, der junge Mann fragte ihn, was er trinken wolle, Einen Kaffee, antwortete er, streckte die Beine mit den Stiefeln zum Kamin aus, schloss die Augen, das warme Halbdunkel des Hauses, die Anmut der antiken Möbel, die ethnischen Darstellungen in den schwarzen Rahmen gefielen ihm, der junge Mann hatte seine Eltern vor ein paar Jahren durch einen Unfall verloren, er hatte das Studium abgebrochen und den Kontinent verlassen, war in die Heimat zurückgekehrt, lebte wie ein Gefangener zwischen Haus und Garten. Vielleicht langweilt er sich wie ich, fragte sich Crissanti, Trauert dem Stadtleben nach, zumindest manchmal.

Na, Maresciallo, das ist ein Wetter, hm? Erst regnet es monatelang nicht, und dann will alles auf einmal runterkommen. Tropisches Klima. Die früheren Jahreszeiten gibt es nicht mehr, da kann man sagen, was man will.

Er lächelte, Gemeinplätze und Maximen und Sprichwörter gehörten zu ihren Lieblingsthemen, und Bücher und Politik und die Schönheit Roms und Venedigs und die Frauen, wenigstens im Allgemeinen, denn seit sie angefangen hatten, miteinander zu verkehren, hatten sie sich niemals zu Vertraulichkeiten hinreißen lassen. Crissanti erwiderte das Lächeln nicht, antwortete auch nicht auf den Gemeinplatz, wie ihr Spiel es verlangt hätte, er war an diesem Vormittag in einer zu düsteren Stimmung, das Wetter die Langeweile, Was machst du nachts, wenn du nicht schlafen kannst?, fragte er den jungen Mann, Ich kriege schon den Tag nicht rum, wenn ich unter Schlaflosigkeit leiden würde, ich glaube, ich würde verrückt.

Ich bin verrückt, erwiderte der Freund, diesmal lächelte er nicht.

Na ja, ich lese. Nachts lese ich und höre Radio. Manchmal besucht mich jemand, und wir lesen und hören zusammen Musik.

Der Maresciallo starrte ihn an, mager knochig ausgemergelt, hervorstehende Jochbögen schmale Augen, tiefliegend, aber wach, ihm kam der Gedanke, dass er vielleicht schwul war, er versuchte sich zu erinnern, welche Krankheit er hatte, er kam nicht auf den Namen, irgendwie hatte es mit dem Blut zu tun oder den Blutplättchen oder mit beidem.

Und was hast du heute Nacht gelesen?

Etwas ganz Langweiliges, schrecklich. Eine Untersuchung,

die Doktorarbeit eines alten Klassenkameraden vom Gymnasium. Es geht um Abfall, Mülldeponien und Geschäfte mit Giftmüll. Deswegen hab ich dich auch gebeten, heute Vormittag zu mir zu kommen. Ich muss dir etwas zeigen. Allerdings nicht dem Freund, sondern dem Maresciallo. Sagen wir, eine Art Anzeige.

Ich hatte gehofft, du lädst mich ein, damit wir ein bisschen plaudern und Tee trinken. Ich sterbe vor Langeweile, Giovanni. Ich kann nicht mehr.

Wir werden nachher plaudern, wart nur ab. Sogar eine Diskussion. Du wirst sehen, das Thema wird dir gefallen.

Na gut, dann zeig mir, was du mir zeigen willst.

Warte, der Kaffee ist fertig. Erst das Vergnügen, dann die Pflicht.

Er brachte aber nur ein Tässchen, leistete Crissanti nicht Gesellschaft, zündete sich eine Zigarette an, rauchte sie schnell, mit einer Art Hast, als wäre sie die letzte seines Lebens.

Komm, sagte er dann zum Maresciallo, gehen wir ins Gewächshaus. Habe ich es dir eigentlich schon gezeigt?

Crissanti schüttelte den Kopf, folgte seinem Gastgeber durch ein Türchen an der Rückseite des Hauses, und sie kamen in den Garten, breit und lang und von Hecken aus Feigenkakteen umschlossen.

Ganz hinten, wo früher einmal eine Garage gewesen sein musste, ragte ein Gewächshaus aus dünnen Glasscheiben zwischen Eukalyptusbäumen Pinien Granatapfelbäumen hervor.

Das Wasser traf sie mit ganzer Wucht, und ein eisiger Wind, Scheißregen, verzichten wir auf die Blumen, sagte der junge Mann, Ich zeig sie dir ein anderes Mal, komm, komm, wir sind fast da. Hier.

Auf dieser Seite wurde der Garten zum Obstgarten: Orangen Quitten Pfirsiche Mandarinen, Crissanti ging an dem jungen Mann vorbei, presste seine Mütze fest auf den Kopf, der Regen war so heftig, dass man kaum etwas sehen konnte, Mein Gott, flüsterte der Carabiniere, an den Stamm eines dicken Johannisbrotbaums war ein Holzkreuz genagelt, und an das Kreuz war ein Hund genagelt, rot vom Blut, das um die Nägel geronnen war, vier in den Pfoten zwei weitere im Schwanz, die verzerrte Schnauze erzählte, wie sehr er gelitten, wie lange der Todeskampf gedauert haben musste.

Was ist das?, fragte der Maresciallo seinen Freund, er hielt sich den Bauch, der platzen zu wollen schien, Heiliger Gott, Giovanni, was zum Teufel ist das?

Das Gesicht des jungen Mannes war zu einer Art Fratze verzerrt, er hielt seinen Regenschirm hoch über seinen Kopf.

Was ist, antwortest du mir? Was ist das, wann hast du das gefunden, wer ist das gewesen?

Er brüllte, das Wasser prallte von seinem Mantel, von seinen Stiefeln, von seinem Gesicht ab, das Tier wurde vom Wind, von der Heftigkeit des Regens geschüttelt.

Komm, gehen wir hinein und unterhalten wir uns vor dem Feuer.

Nimmst du ihn denn nicht ab?

Bist du verrückt? Ich hab mich heute Morgen schon dreimal übergeben. Wenn ich ihn berühre, werde ich ohnmächtig. Ich habe einen Arbeiter gerufen, er müsste jeden Augenblick kommen. Gehen wir ins Haus und halten wir unser Plauderstündchen.

Crissanti folgt ihm, er berührt seinen Bauch, hält sein Gesicht in den Regen, trinkt ein bisschen, das Wasser ist eiskalt.

10

Sie liebten sich lange, auf den rauen warmen Fliesen liegend, schließlich küsste die Frau heftig Nicola Raus Brust und Schultern, schloss die Augen bis auf einen Spalt, schien einzuschlafen, der Mann betrachtete ihre Augen und den leichten Lidstrich und die kleinen wohlgeformten Lippen, Dafür lebt man, dachte er, Letzten Endes treibt uns der Traum voran, einer Frau zu begegnen, die uns den Hintern zerkratzt, während wir in sie eindringen, am Ende machen wir eine Arbeit, die wir nicht mögen, und heiraten unscheinbare Frauen und ertragen sie Tag für Tag und bezahlen Steuern und Rechnungen für die Möglichkeit einer heimlichen Umarmung, für die Erwiderung eines Blicks in einer Villa am Meer, ich jedenfalls lebe dafür, solange mich die Hoffnung auf Sex noch antreibt. Sonntagsdichter, sagte sich der Mann, Philosoph für anderthalb Dollar, er erinnerte sich an die schönsten Bücher seines Lebens und die Lieder, fand nur welche über Liebe und Verrat, über Meer und Feuer, rechnete sich aus, wie wenig er brauchte, damit es ihm gut ging, fragte sich, ob es wirklich wenig war, und verlor sich weiter in solch dummen Überlegungen und Fragen, gebaut auf den Halbschlaf, auf vierzig Jahre verpfuschtes Leben, weder gut noch schlecht wie das Leben aller, sagte er sich schließlich.

Die Frau streckte sich küsste ihn auf die Lippen, ihr Atem

roch immer gut, sie sah immer gut aus, braun gebrannt wie jemand, der mittags einen Salat am Strand isst, sie stand auf, machte eine Rumpfbeuge, Hast du nie Angst?, fragte Nicola Rau aus Nuraiò sie, Angst, allein alt zu werden, keinen Sohn zu haben, der bei dir ist?

Ich habe einen Sohn, erwiderte sie lächelnd, Er ist achtzehn und studiert in Pisa. Ist nicht möglich, der Mann bemerkte, dass er fast geschrien hatte, aber es schien ihm tatsächlich unmöglich. Bevor er nachrechnen konnte, sagte Sara, Ich hab ihn mit sechzehn bekommen, ich ging aufs Gymnasium, einer aus der Oberprima während einer Strandparty, wir sind nie zusammen gewesen, auch danach nicht.

Das tut mir leid, versuchte Nicola Rau, aber er spürte, dass es merkwürdig klang, dass das nicht der richtige Satz war. Sie lächelte erneut, aufrichtig. Warum?

Es tut mir nicht leid, ich freue mich darüber, das ist ja vielleicht ganz schön, oder?

Es ist schön. Ich werde nicht allein alt werden, mach dir keine Sorgen.

Zur Bekräftigung setzte sie ihr schönstes Lächeln auf, ein wirklich wunderschönes Lächeln.

Und glaube nur nicht, dass du der Einzige bist.

Nein, sicher nicht – dachte er eine Sekunde lang, fragte: Der Beste?

Die Frau lachte laut auf und streckte sich erneut, ein Gähnen unterdrückend.

Der Beste, sicher, das ist die Hauptsache. Hast du Hunger? Ich sehr.

Nicola nickte stumm, Soll ich uns etwas machen?, fragte die Frau, dann vereitelte sie den Versuch ihres Liebhabers aufzustehen, Ich mach schon, sagte sie, Magst du Zucchini?

Sehr, sagte er. Er streckte sich wieder aus und blickte durch die Glastür auf das träge Meer vor ihnen.

11

Jetzt, da Priester Alberto das Seminar beendet hat und ein vielversprechender Geistlicher geworden ist, geliebt von Monsignore von Pater Mulas, schwierig, aber im Grunde gut, mit den Augen eines Menschen, der mit einem Blick begreift, mit entschlossener Stimme, die dich von dem überzeugt, was er will, jetzt, da er Seelenhirte ist und in ein paar Monaten eine Pfarrei und Pfarrkinder haben wird und sich nicht mehr für Geld und Zukunft abplagen muss und zum Mittag- und Abendessen guten Wein trinken und seine Hemden beim Schneider kaufen kann, jetzt, da er ein Mann, ein verantwortungsbewusster Erwachsener geworden ist, noch jetzt fragt sich Alberto Sannìo von Zeit zu Zeit, wie es gekommen ist, dass er beschlossen hat, Christus zu dienen und den körperlichen Freuden, dem Körper seiner Freundin zu entsagen.

Marta, lautet die Antwort, die Lehrerin Deiana, die seine Geliebte geworden ist, eines Nachmittags im April, vor dem Fluss in ihrem Fiat 600, während er den Rio Arresu kurz hinter dem Staudamm betrachtet und die glatten Beine der Frau und ihre schlanken Arme anstarrt, die Lippen in einem Lächeln der Lust und der Liebe geöffnet, Du bist schön, Alberto, du bist schön, wenn du glücklich bist, du musst aufhören, dich zu verfluchen und Angst zu haben, du musst einen Entschluss fassen – und er sieht sie stumm an und fragt sich, worauf sie hinauswill, wovon sie ihn überzeugen will.

Du glaubst, betest und glaubst, ich auch. Wir sind gläubig und heilig, und wir wissen, dass es Gott gibt und er uns tanzen sieht, uns zulächelt.

Ich habe nicht eine Lira, sagt Alberto, ich bin neunzehn und völlig blank, ich will Florenz und Siena sehen, und Nizza und London, ich habe nicht eine Lira und zwei zerrissene Jeans im Schrank, nicht einmal einen Mantel.

Hör auf deine Mutter, Alberto, Gott sieht uns an und lächelt, er will nicht, dass du verdammt und arm in diesem schwarzen Loch von Dorf lebst, geh ins Seminar und werde Priester, nimm das Beste, das sie dir geben können, ohne dich von idiotischen Regeln töten zu lassen, die für Idioten erfunden wurden, denk nur an unseren Gott, der zwischen den Sternen und den Wolken tanzt, ich werde hier sein, niemand wird dir mehr Lektionen erteilen und Vorhaltungen machen, du wirst der allmächtige und geliebte Pater Alberto sein, tu es, du und Gott ihr werdet euch selbst helfen, jeden Abend vor dem Schlafen, auf alles andere kannst du pfeifen, nimm das Beste und verlass diesen Ort, denn hier wirst du früher oder später eingehen.

Ich kann in die Fabrik gehen.

Kannst du. Du würdest alle gegen dich haben, wenn du Familie und Dorf grundlos verlässt. Hast du Geld, um wegzugehen? Eine Stadt, die dich will? Jemanden, der dich aufnimmt, bis du eine Wohnung findest? Eine Arbeit, von der du was verstehst? Weißt du, wie schnell ein Arbeiter altert?

Alberto denkt nach stellt sich vor, der Wachsgeruch und das sichere Gehalt, das stolze Dorf und der wütende Vater, die sauberen Hemden und die schwere Fabrikarbeit, er sieht die Frau an und drückt ihre Hand.

Ich kann unserem lächelnden tanzenden Gott dienen.

Schwarz wird dir ausgezeichnet stehen.

Ich liebe dich, Lehrerin.

Sei still – er sieht sie an, küsst sie, sie lieben sich.

Alberto Sannìo, Außenstürmer von Nuraiò Calcio, spürt, wie seine Beine vor Gigi Piras dem großen alten Spieler und drei oder vier Herren in hellem Jackett und mit englischer Krawatte zittern, er trägt enge kurze Hosen und extra neu gekaufte Schuhe, sein Gesicht ist angespannt, er steht unter Strom, Albertino die junge Hoffnung läuft über das Feld, schießt ein paar Flanken zum Torwart, er hat das Gefühl, dass seine Kräfte ihn verlassen, dass ihm an diesem Nachmittag nichts gelingt, er beendet die zehn Minuten Probespiel, zieht sich wieder an, geht zu einem Mann mit Bärtchen, der rauchend auf ihn wartet, Bravo, sagt er zu ihm, Wenn du in einem Jahr wiederkommst und keine Dummheiten machst und dich körperlich nicht ruinierst, werden wir dich möglicherweise nehmen, sagt er zu ihm, lächelt, wirft die Zigarette weg, legt ihm eine Hand auf die Schulter, Trinkst du etwas an der Bar? Alberto schüttelt den Kopf, er will nach Hause, Nein danke, erwidert er, Mein Zug geht in einer halben Stunde.

Auf seinem Feldbett liegend denkt er wieder an Martas Beine, an die Frau, die sich über ihn beugt, an sie beide eng umschlungen im Auto, an ihr Stöhnen und an die Körper, die sich suchen und finden, und den Fiat 600, der in dem Erdaushub am Fluss hüpft, an ihrer beider Orgasmen, an den Bischof, der ihm die Hände auf die Schulter legt, an den Tag, an dem er Priester wurde, und die Segensworte und Glückwünsche und die gerührte Mutter und die Onkel und Tanten in ihrer geschmacklosen Festkleidung und den Weihrauchgeruch, der am nächsten Tag in seiner Jacke hing, schlaflos auf seinem Feldbett liegend ruft Alberto die Erinnerungen wach, bringt sie durcheinander und kommt selbst durcheinander, heute Abend wird er Marta sehen, vielleicht wird er noch einmal mit ihr schlafen, morgen Palästina, das Heilige Land. Vielleicht wird er dort begreifen, sagt er sich, ohne recht daran zu glauben.

12

Wieder vor dem Kamin, hatte Crissanti noch immer das Gefühl, sein Bauch würde gleich platzen, ein Druck im Magen, das, was darin war, wollte heraus, Heiliger Gott, Giovanni, sagst du mir endlich, was das war?

Ein gekreuzigter Hund, Maresciallo.

Das hab ich gesehen. Aber warum?

Der junge Mann starrte ins Feuer, sie tranken Tee, draußen regnete es noch immer heftig.

Ich schreibe für eine Zeitung, weißt du. Für die Tageszeitung und für diese politische Zeitschrift, ich bin mit einem Redakteur befreundet, von Zeit zu Zeit schicke ich ihm Artikel, Kulturelles, Musikkritik. Letztens schlage ich ihm einen Hintergrundartikel vor, Untersuchungen über noch offene alte Fälle, Mord, Betrug.

Ein gekreuzigter Hund, wiederholte Crissanti.

Ich hab angefangen, die Geschichte dieser Mülldeponie zu recherchieren, die hier in der Gegend eingerichtet werden soll, hast du davon gehört?

Der Maresciallo nickte, trank einen Schluck Tee und hielt sich den Magen.

Das ist eine ganz normale Geschichte, eine von denen, die in den letzten dreißig Jahren normal geworden sind, auf dieser Insel und in ganz Italien.

Sie haben in aller Stille begonnen, wie immer. Sie haben

Grundstücke gekauft, Nutzgärten, haben den Bauern im Tausch Land näher am Dorf angeboten. Ein ganzes Gebiet am Fuß des Hügels beim Steinbruch hat innerhalb von zwei Jahren den Besitzer gewechselt. Und das ist gar nicht schwierig gewesen: Es ist wertloses Land, unfruchtbar, viele bestellen es nicht einmal, weil es sich nicht lohnt. Die von der Mülldeponie bezahlen Preise dafür, als handele es sich um Baugrund, einem, der nicht verkaufen wollte, haben sie sogar noch mehr gezahlt. Ich hab mich gefragt: warum?

Warum?, wiederholte Crissanti.

Weil sie sich im Müllgeschäft nie an das halten, was sie behaupten. Deswegen hab ich heute Nacht auch die Doktorarbeit meines Freundes gelesen. Es ist fast immer dasselbe, mit wenigen Ausnahmen: Am Anfang verhalten sie sich ganz vorschriftsmäßig, und dann beginnen die Merkwürdigkeiten: gepanzerte Container, die jahrelang dort abgestellt sind, unter der Erde verborgene Fässer, Schiebereien aller Art. Illegale Abfälle, giftige Stoffe, aus ganz Europa. Nichts Neues, ich sagte es schon, Dutzende von Artikeln, Anzeigen, sogar Romane sind über diese Geschichten geschrieben worden. Nur, ich wollte verstehen, ob das auch hier geschehen würde.

Und?

Und ich habe einen leitenden Angestellten dieser Gesellschaft ausfindig gemacht, der Freund eines Freundes, wir haben gemeinsam zu Abend gegessen, er glaubte, ich sei einer der Eigentümer, die überzeugt werden müssen, er hat von viel Geld für die, die verkaufen, gesprochen, und von anderem Geld, das weiterhin fließen werde, von Arbeiten und natürlich von Arbeitsplätzen.

Einer dieser optimistischen Dummköpfe, die alles wissen und dir alles erklären, jedenfalls keiner der Hauptdrahtzieher. Ich habe versucht, mehr über die Abfälle, den gefährlichen Müll zu erfahren, so richtig hat er sich nicht dazu geäußert, in Wirklichkeit ist es aber doch so: Sie würden nie so viel bezahlen, wenn sie nicht etwas zu verbergen hätten.

Schließlich habe ich einen Artikel geschrieben, ich sollte ihn an die Zeitung schicken, jemand hat davon erfahren, und die Quittung hast du ja gesehen.

Aber wer? Das Unternehmen, von dem du mir erzählt hast, die Eigentümer der Grundstücke, wer?

Der junge Mann zündete sich eine Zigarette an, begann zu rauchen, er sah den Maresciallo nicht an, schien ihn nicht gehört zu haben, nichts mehr zu sagen zu haben. Er machte zwei lange, tiefe Züge, drückte die Zigarette aus, drehte sich zum Freund um und blickte ihm in die Augen.

Es ist nicht weiter wichtig, Crissanti, was geht mich das an. Man könnte vielleicht sogar herausfinden, wer es gewesen ist, wen sie im Dorf mit einer solchen Sache beauftragt haben könnten.

Aber im Grunde macht das keinen Unterschied. Wer die Nägel mit dem Hammer eingeschlagen hat, wer es konkret getan hat, spielt keine Rolle.

Alle sind es gewesen, ganz Nuraiò.

Der Maresciallo schüttelte den Kopf, blickte den jungen Mann an, fragte ihn mit den Augen, was er damit sagen wolle.

Vor ein paar Tagen ist mir von einer Unterhaltung in der Bar im Park berichtet worden. Der Barbesitzer und ein paar Kerle sprachen über das Projekt, über die Mülldeponie. Einer von ihnen war außer sich vor Wut, empört, brüllte, sie könnten sich die Abfälle der Stadt in den Arsch schieben, sie würden sie in den unterirdischen Gewölben der Region lagern. Der Barbesitzer schwieg zunächst, dann hat er ihn unterbrochen: Wenn sie sie nebenan in Fraus lagern, hat er gesagt, dann dringt der Gestank trotzdem zu uns herüber, und die Arbeitsplätze reißen sich die anderen unter den Nagel. Da richten wir die Mülldeponie doch besser bei uns ein, das bringt wenigstens Arbeit. Die anderen beiden haben genickt, und der Mann hat nichts mehr gesagt.

Der junge Mann holte Atem, eine Art Seufzer, erneut dieses schiefe Grinsen im Gesicht.

Alle, Maresciallo, alle, wie sie da sind, haben den Hund gekreuzigt, jeder ein Stückchen, das ganze Dorf. Der Wohlstand, der Gott des Mobiltelefons.

Hast du den Artikel abgeschickt?

Nein.

Ich schicke Meloni her, er soll sich heute Nacht hier ein bisschen umsehen, er soll ab und zu vorbeigucken, man kann nie wissen.

Wenn du willst, sagte der junge Mann, starrte aber ins Feuer und auf irgendetwas jenseits der Flammen, er schien traurig, so traurig wie man es vielleicht ist, wenn es regnet, draußen kalt ist, man keine Eltern hat und der Kadaver eines Hundes am eigenen größten Baum im Garten baumelt.

Weißt du was, Maresciallo? In Wirklichkeit wollte ich diese Sache gar nicht dem Carabiniere zeigen, ich war an dem Freund interessiert. Ich glaube, letzten Endes werde ich doch keine Anzeige machen.

Es kam mir darauf an, dass du es siehst, damit du etwas

von diesem Ort begreifst, in dem du dich langweilst, wie du sagst. Schön, du langweilst dich, und ich auch, aber wir sind die Einzigen in Nuraiò, hämmer dir das in deinen Schädel. Die anderen fühlen sich wohl. Sie amüsieren sich vielleicht nicht, aber sie fühlen sich wohl, mehr wollen sie nicht, oder besser, natürlich wollen sie mehr, immer mehr, aber sie akzeptieren nicht, dass ihnen jemand auf den Sack geht, dass in Frage gestellt wird, was sie haben.

Er schwieg erneut, vielleicht erwartete er eine Antwort von Crissanti, aber der Maresciallo hatte nichts zu sagen.

Sie sind zu lange arm gewesen, und zu arm, als dass irgendetwas sie in ihrem neuen Zustand, wie soll ich sagen, der Fettheit, der Fettleibigkeit stören dürfte. Giftmüll, Wilddieberei, Bausünden, darauf pfeifen sie, Maresciallo. Nur das wollte ich dir begreiflich machen. Nur das.

Crissanti betrachtete, jenseits des Fensters, den immer noch heftigen Regen. Ich fühle mich nicht wohl, sagte er, kann ich das Bad benutzen?

13

Sie stellt sich Fragen, viele Fragen, Marta Deiana, allein im kahlen Wohnzimmer an einem Winternachmittag, sie starrt auf ihr Bild im Spiegel, kalt der Wind dort draußen, kalt die Regentropfen auf der Scheibe, kalt verworren die Gedanken die Fragen.

Warum hast du Nicola Rau magerer Dichter Träumer nicht geheiratet? Warum bist du nicht die Frau eines Versagers geworden, der es versteht, das Meer zu betrachten und dabei deine Strophen vor sich hin zu singen, warum bist du nicht dem Gefährten der schlaflosen Nächte gefolgt, um ihn zu lieben auf dem Boden auf den eiskalten Fliesen, im Stehen an der Wand, auf dem Balkon auf der Terrasse, ohne Angst, nicht vor euch selbst, vor der Dunkelheit mancher Nachmittage, vor manchen Zigaretten nach dem Sex? Warum hast du Efisietto Marras geheiratet und nicht Nicola Rau?

Gewiss wegen der Wette, wegen dieses Versprechens, das die beiden gegeben hatten, bevor sie weggingen, gewiss deswegen, der Erste, der zurückkommt und ein geregeltes Leben hat, heiratet dich, Efisio war mit einem Umschlag voller Marken zurückgekommen, mit dem kleinen Gut des Vaters zum Pflügen Säen, Nicola lebte verloren in irgendeiner Mansarde, war hinter neuen Mädchen her träumte neue Träume nahm Drogen, gewiss deswegen, aber nicht nur.

Weil Nicola nie ein geregeltes Leben führen, nie vernünftig, nie ein Ehemann werden würde, weil Nicola zwei Minuten mit dir spricht und dir dann nicht mehr zuhört, weil das Geld höchstens eine Stunde in Nicolas Tasche bleibt, weil du dein Haus deinen Garten wolltest, weil du, während sie herumkamen und sich auf unbekannten Straßen abplagten, deinen Vater sterben und den flammenden Blick deiner Mutter sahst, die dich ein weiteres Mal verurteilte: Frau Tochter Hure ohne Verstand, die trotz eines solchen Unglücks nicht ins Dorf zurückkehrt, die weit weg und allein lebt und fickt, mit wem es ihr beliebt, sittenlos und schamlos, weil du an jenem Abend geschworen hast, dass Schluss sein müsse, dass du Geld haben müsstest für deinen Wagen, für die Cremes gegen das Altern, um nicht so eine hundertjährige Vogelscheuche wie deine Mutter zu werden, dass du jeden Abend, wenn du dazu Lust hättest, mit dem Wagen in die Stadt fahren, jeden Tag jemand anderen lieben würdest, wenn du dazu Lust hättest, und einen Schwächeren heiraten würdest, der in dich verliebt wäre, und Nicola konnte das nicht sein.

Sie fragt erinnert quält sich, Marta Deiana, sie weiß nicht, dass die schwarze Alte schon unterwegs ist, wenn sie es wüsste, wäre es auch nicht besser oder schlechter, den Tod spürt sie in ihrem Herzen, vielleicht wegen der Dunkelheit jenseits der Scheibe, wegen der schwarzen Kälte des Regens, vielleicht.

14

Als Crissanti in die Kaserne zurückkam, fragte er Meloni, ob irgendetwas passiert sei, Nichts, erwiderte der Mann, Und Sie, alles in Ordnung?

Nein, sagte der Maresciallo, erzählte ihm die Geschichte mit dem gekreuzigten Hund, erwähnte kurz die Mülldeponie, die Artikel des jungen Mannes, Frag ein bisschen herum, ob jemand was weiß, fügte er am Ende hinzu, etwas geheimnisvoll tuend, womit er Meloni ein Gefühl der Wichtigkeit, von so etwas wie Geheimdiensttätigkeit gab, Ich werde unsere Freunde fragen, sagte Meloni mit einem schiefen Lächeln, Sicher, dachte der Maresciallo, Die vier Schwachköpfe aus der Billardbar, die einzigen Dealer des Dorfs, Verkauf von Gras und geklauten Auspufftöpfen, Mercedestüren und ein bisschen Koks, Die wissen doch nie etwas, dachte Crissanti und grüßte Meloni, Meine ach so geliebten Informanten. Er erinnerte sich an den Maresciallo, der sein Vorgänger in Nuraiò gewesen war, an sein ständig abgespanntes überhebliches Gesicht, an das, was er ihm gesagt hatte, bevor er ihm das Kommando der Kleinen Gruppe – seine Worte – überlassen hatte, Ich überlasse Ihnen das Kommando dieser wichtigen kleinen Einsatzgruppe mit einem Rat: Ruinieren Sie nicht die Informanten, die wir uns mühsam erzogen haben. Vergessen Sie nicht, Maresciallo: versteckter Einsatz des Gummiknüppels und halbe Zugeständnisse, harsches Kopfwaschen in der Kaserne und ein bisschen Toleranz, machen Sie ihnen klar, dass Sie das Sagen haben, zwingen Sie sie, sich auf Ihre Seite zu stellen, So ein Blödsinn, hatte Crissanti gedacht, Das ist das Blödeste, was ich jemals gehört habe, aber dann hatte er zwei und zwei zusammengezählt und festgestellt, dass er letztlich genauso blöd war wie die anderen, ein bisschen Wichtigtuerei, um weiterzukommen, ein bisschen Verliebtheit, wie in den amerikanischen Fernsehfilmen, das ist alles.

Herumfragen, als würde das etwas nützen, als könnte man damit die Probleme lösen, der junge Mann hatte schon recht, schuld waren alle, jedem ein Eckchen dieses Holzkreuzes, als wäre es möglich, Schuld und Schuldige zu ermitteln, Für mich nicht, sagte sich Crissanti, Für mich ist es nicht möglich, dabei ist es doch meine Aufgabe, ich verstehe schon meine eigene Schuld nicht, wie die der anderen aussieht, werde ich nie herausfinden, und selbst wenn ich den fassen würde, der den Hund ans Kreuz genagelt hat, wüsste ich nicht, was ich ihm sagen sollte, was ich mit ihm machen sollte, diese Uniform ist nichts für mich, für den alten Maresciallo dagegen, dreißig Jahre alt, mit ganz klaren strahlend hellen Vorstellungen, Schuld und Verdienst, alles schön eingeteilt für ihn, ja, Carabinieri und Unterwelt, denn die schiefe Bahn ist immer eine Entscheidung, die man teuer bezahlt, die Burschen im Olivenpark mit den Scheinwerfern des Jeeps überraschen, unvermutet wie Hasen auf der Landstraße, ja, er weiß, wie man seine Pflicht erfüllt, Keine Bewegung, steigt aus dem Wagen, Hände zeigen, zeigt mir mal, was ihr da raucht.

Zweimal Haschisch und ein halbes Tütchen Gras, wie alle mit dreißig, wie dutzende Dichter und Schriftsteller und Abgeordnete und Minister im Dienst der Republik.

Keine Bewegung, scharfe Schwänze, schöne Mädchen, was ist das für Zeug? Wo habt ihr den Rest? Von wem kauft ihr das?

In die Muschel hab ich ihr gerotzt, Maresciallo, hatte ihm einmal ein großer Kerl aus Fonni geantwortet, als Crissanti seine Brötchen noch im Veneto verdiente, er hatte dem Burschen in die Augen geblickt, als wollte er sagen, Bist du verrückt? Zu einem Maresciallo? Der andere hatte den Blick gesenkt, vielleicht hatte er den Landsmann in ihm erkannt, das bisschen Respekt für das gemeinsame Exil, Crissantis römischer Kollege hatte weder geschaut noch nachgedacht, er hatte nicht länger als eine Sekunde gewartet, hatte einen Schritt vorwärts gemacht, hatte dem jungen Burschen einen Fußtritt ins Gesicht versetzt, wie Martino Crissanti ihn höchstens in Filmen gesehen hatte, blutige Nase, die Flüche des Getroffenen, der Soldat, der ihn weiter mit den Fäusten bearbeitete und anspuckte, Verdammter Idiot, wirst du dein ungewaschenes Maul halten, still und keinen Mucks, Scheißdrogensüchtiger, Scheißbastard, Crissanti hatte den Kollegen von ihm weggestoßen, hatte ihn bei den Vorgesetzten und beim Richter angezeigt, hatte einen dreistündigen Wutausbruch des Provinzkommandanten über sich ergehen lassen müssen, eine halbe Gehirnwäsche über die schmutzige Wäsche, die anständige Leute in der Familie waschen, über die Kugeln und die Ehre und die Drogen und den Druck, den Heldenmut, der dazugehört, auf der Straße mit dem Abschaum der Gesellschaft zu kämpfen, und hunderttausend weitere Vorträge und am Ende seine Versetzung, das verschlafene Provinzstädtchen Ferrara, Fliegen und Langeweile zum Mittag- und zum Abendessen, dann Garbatella Agnano und schließlich Nuraiò, immer stärkere Langeweile, aber endlich die Insel, auch wenn er nicht darum ersucht hatte, und eine Kaserne ganz für sich allein, die er leiten konnte, endlich erwachsen, endlich sicher.

Ich bin mir in Bezug auf nichts sicher, denkt Crissanti, während er sich im Sessel seines Büros entspannt, draußen regnet es, dann hört der Regen auf, wie ein launisches Unwetter, wie ein trauriger Walzerrhythmus, Tropfen und Donner und Pause und wieder Regen und wieder Donner, das alte Buch wird er morgen zu Ende lesen. Ich rufe den Jungen an, sagt sich der Maresciallo, Mal hören, ob er ruhig ist, ob sein Regen genauso klingt wie der hier.

15

Viele hat er gesehen, Alberto Sannìo, Leute mit goldenen Beinen wie Pelé, die mit fünfzehn Jahren niemand aufhalten kann, unbesiegbar schnell hart, weder Fußtritte noch Anrempeleien von hinten können sie zu Fall bringen, nervös draufgängerisch, sie heben erst dann den Kopf, um die anderen anzusehen, nachdem sie ein Tor geschossen haben, viele hat er gesehen, Albertino, sichere Meister, die schon mit dreizehn Beine wie Männer haben, einen Blick, der dir sagt, solche wie ich werden nicht viele geboren, viele hat er gesehen, Alberto, junge Burschen stärker als er, an denen der Ball stundenlang klebt, die sich den Ball gegenseitig so lange zuspielen, bis sie die anderen verzaubern, die viermal das Training schwänzen können und dann zurückkommen und den Gegnern zeigen, was Fußball ist, viele hat er gesehen, der Junge, Leute, die sich Tag für Tag ruinieren, weil sie willensschwach sind, weil sie sich mit den Freunden prügeln, jeden Abend betrunken, und Haschisch und kleine Picknicks in den Nutzgärten, viele hat er gesehen, die auf dem Platz bei Sonnenuntergang mit einem Zug beginnen, dann jeden Samstag in Assemini mit den Spielwarten streiten, viele hat er gesehen, Alberto Sannìo, die am Sonntag so alkoholisiert ankommen, dass man ein Streichholz an ihnen anzünden kann, sich eine Stunde vor dem Spiel mit hervorquellenden Augen auf die Bank werfen, noch zwei Züge machen eine Sekunde bevor sie aufs Feld hinausgehen, viele hat er gesehen, immer magerer in ihren zerrissenen Jeans, die eines schönen Tages achtzehn werden und nicht länger als zwanzig Minuten durchhalten, langsam geworden auch für die schlechtesten Verteidiger, viele hat er gesehen, Albertino, junge Pelés, die auf der Tribüne enden und die Welt verfluchen und dann den Trainingsanzug an den Nagel hängen, viele hat er gesehen, Alberto, und stets hat er sich geschworen, er nicht, niemals er.

Niemals er, er nicht, er hat immer präzise geschossen, trainiert und seine Runden auf dem Feld gedreht und geschwitzt und auf die Ratschäge der anderen gehört, er ist immer pünktlich gekommen, er, halber Außenstürmer, präzise und selbstlos, mit hocherhobenem Kopf den Ball tanzen lassend, er, das richtige Gewicht und die nötigen Muskeln in den Beinen, kaum Launen und kaum falsche Gedanken, Fußball als Arbeit, Fußball als Traum von Flucht, er, mit achtzehn ohne eine Lira, nur dafür lebend, für das, was aus einem Probetraining hervorgehen kann, aus einem wichtigen Spiel am Ende des Tages, er, Alberto Sannìo, er ist nie Pelé gewesen, Spieler mit guten Beinen, heimlicher Träumer, Hoffnung und Gewissheit, eine sichere Investition, ein tüchtiger Bursche von allen geliebt, Cagliari wird ihn umwerben, vielleicht Juventus, er hat alles vor sich, der Augenblick kommt für alle, wenn man keine Dummheiten macht, wenn nicht, eines verfluchten Sonntags, einer kommt und dir ein Knie bricht, dein Leben zerstört.

16

Es ist elf vorbei, Nicola Rau hat Sara ihrem ruhigen Schlaf überlassen, hat den Strand verlassen, das Meer, die Ruhe, die Villa, die jetzt im Dunkeln liegt, er fährt langsam auf der alten Straße, die zum Dorf führt, Nieselregen auf den heruntergekurbelten Wagenfenstern, auf dem glänzenden Lack seines neuen Wagens, Nicola Rau hält das Steuer lässig mit einer Hand, seine Augen wandern zur Strandpromenade, zu den versteckten kleinen Villen, den eleganten Hotels, zur großen rauchenden Raffinerie, er erinnert sich an die Zeit, als er unter dieser Erdölraffinerie Bomben legen wollte, als er *Ti ricordo Amanda* sang und schrie, sie sollten ihre Tyrannei mäßigen, die Öl- und Zeitungsbarone, wenn sie nicht mit Fußtritten und Faustschlägen nach Hause geschickt werden wollten, die Zeit der Versammlungen mit Ohrring und ondulierten Haaren, der harte Blick dessen, der mit einem Lächeln richtet und verurteilt, der bereits weiß, dass er die Schlachten verlieren wird, aber darauf pfeift, weil jede Verwundung eine Medaille ist, die Zeit, da man weder Anzeigen noch Drohungen fürchtete, er fürchtete sie nicht und verschaffte sich Gehör, während er die Vergehen all der anderen aufzählte, der Zubetonierer und der blinden Bürgermeister, er erinnert sich an seine ferne Wut, Nicola Rau, er lächelt über das, was er damals glaubte, dass Stärke heftige Gefühle Verrücktheit ausreichen würden, um die Welt zu retten – dieses kleine Stückchen Welt, in das er hineingeboren worden war, seine kleine Heimat aus Meer und Sand und Kork und Stille – Ich war ein Dummkopf, sagt der Mann zu sich selbst, ein armseliger Don Quijote, blind und allein. Er erinnert sich an das, was einer seiner Freunde, ein von den Baronen bezahlter Chemiker, ihm vor Jahren gesagt hatte, Du kannst dir nicht einmal vorstellen, was sie dort drunten gemacht haben, und er wies auf den Teich und erzählte ihm von Chlorid und Dämpfen und Rückständen und lächerlichen Verbesserungen, unternommen, um noch mehr Geld herauszupressen, unternommen zum Spaß und um Ängste zu beruhigen, er sieht die schwarze Luft, Nicola Rau in seinem Wagen auf dem Weg nach Nuraiò, spürt den wilden Hass, der vom Kopf in den Bauch hinabsteigt, spürt, wie schwarze Flüssigkeiten und Todesgerüche in den Wagen und in seinen Magen, seine Leber und sein Herz dringen, fragt sich, ob es dumm von ihm gewesen war, eine Lanze zu brechen gegen die Schaufeln der tödlichen Mühle, oder ob die anderen dumm und blind gewesen waren, die üblichen großen Schuldigen, alle anderen, die Schwachen und Passiven, Ich hätte nie gedacht, dass ich eines Tages an dieser Strandpromenade entlangfahren würde mit diesem Bauch eines kleinen politisierenden Angestellten und einem dicken Wagen, angetrieben von diesem elenden schwarzen Gott, ich glaubte, mit dreißig im Gefängnis zu sterben oder mit fünfundzwanzig durch eine Sprengladung, und niemals hätte ich so enden wollen: mich einen Dummkopf nennen, weil ich gegen die Riesen gekämpft hatte, und die Wut raubt ihm den Verstand und tobt in seinen Eingeweiden, und die Dunkelheit ringsum und in den Gedanken des Mannes wird es immer schwärzer.

Aus dem Radio ertönt ein Tango, spanische Gitarren und Neue Welt, Harmonikas und Bandoneon, Musik von Emigranten und Sehnsucht nach Ferne, Mein Leben ist ein Tun und Lassen, Umklammern und Loslassen, jedes Leben ist so, vielleicht, wir tanzen alle den gleichen Tango, ohne die Schritte zu kennen, der fünfte ist der Abschied, den ich nicht von Marta zu nehmen vermag, das Feuer und die Leidenschaft und die Raserei habe ich schon getanzt, ich bin ein Affe in einer Mansarde auf dem Kontinent gewesen und ordentlicher Angestellter in einem Büro in der Stadt, halber Politiker in der Comunità Montanza, ohne irgendetwas von Bergen und von Politik zu verstehen, ein schönes Gesicht eingesetzt, um die Stimmen der Eltern meiner Frau zu gewinnen, ich habe Haschisch geraucht, um wach zu bleiben und nach Visionen zu suchen, und dann meine Mundharmonika für eine Frau begraben, die mir ein perfektes Zuhause und Nächte der Langeweile geschenkt hat, ich liebe Marta, die nicht meine Frau ist, und hasse sie wegen ihrer Freiheit, die ihre größte Schönheit ist, ich verabscheue sie, weil sie ihre Lust auslebt, mit wem sie will, und ich mit einem Mädchen, nur weil sie Beine und Hüften zu bewegen weiß, seit langem tanze ich jeden Abend den Tango der schmerzlichen Erinnerung, und auch jetzt, betrunken und verletzt in irgendeiner Ecke meines Körpers, auch jetzt toben Hass und Gewalttätigkeit in mir, und ich träume von Rache für die, die keine Schuld haben, ich bin ein Toter, der während des Fahrens das Meer anstarrt, und ich bin nichts wert.

Nicola sieht einen Panda am Straßenrand stehen, eine dunkle Gestalt, die ihm mit dem Arm winkt, er bremst, betätigt den Winker, stellt den Motor ab und steigt aus, Brauchen Sie Hilfe? fragt er, die Gestalt ist eine junge Frau, zwanzig braun und beige gekleidet, Das Benzin muss mir ausgegangen sein, sagt sie, Wie in einem Horrorfilm.

Oder einem Film um Liebe und Eroberung, denkt er, Ich bin betrunken und ein bisschen wütend ich weiß nicht auf wen, sagt er zu der jungen Frau, Ich heiße Nicola und wenn du mir vertraust, fahre ich dich zur Tankstelle nicht weit von hier.

Fahren wir, sagt sie, sie hat ein schönes Lächeln.

17

Meloni kam herein und grüßte Crissanti mit strammer Haltung und einem halben Zusammenschlagen der Hacken, blieb in der Tür stehen und sah den Maresciallo lächelnd an, Macht einen zufriedenen Eindruck, dachte der Vorgesetzte, Was hat er herausgefunden? Er wird nicht gehen, bevor er mir alles erzählt hat, Giovanni werde ich später anrufen. Er machte dem Gefreiten ein Zeichen, als wollte er sagen, Vorwärts, sag es mir, sag mir alles.

Ich habe mit Collosporco wegen dieser Hundegeschichte gesprochen, Maresciallo.

Collosporco, dachte der Offizier, Der größte Trottel der Provinz, er wird es gewesen sein, sagte er sich, draußen herrschten Regen und Kälte, der Ofen heizte, das Zimmer verbrannte auch den Sauerstoff, der Maresciallo spürte, wie die Feuchtigkeit in seine Knochen kroch, Also, sagte er und blickte den Gefreiten unverwandt an, Sagst du es mir oder nicht?

Sie sind beide aus Fraus gewesen, von einem weiß ich nicht, wer er ist. Der andere ist Cristiano Pisu.

Der zweitgrößte Trottel der Provinz, fuhr Crissanti in seinen Gedanken fort, er sah den Burschen vor sich, drogenabhängig arrogant aufgedunsen vom Ringkampf und Koks, unbedeutender Dealer. Er betrachtete den Gefreiten, sein stolzes Lächeln.

Und wie kommt es, dass Collosporco dir dieses große Geheimnis verraten hat?

Er hat es mir sozusagen aus Gefallen gesagt, wissen Sie, in letzter Zeit haben wir ihn doch gut behandelt …

O Gott, dachte Martino Crissanti, schloss einen Augenblick die Augen, öffnete sie wieder auf Meloni, der jetzt ein bisschen enttäuscht schien.

Hat er dir auch gesagt, wieso er das getan hat?

Er sagt, dass ihn jemand von außerhalb darum gebeten habe, aber er weiß nicht wer.

Jemand von außerhalb?

Eine geheimnisvolle Sache, sie haben ihn mit Kokain bezahlt, das er weiterverkaufen kann, sie haben telefonisch Kontakt mit ihm aufgenommen.

Und du, was denkst du?

Meloni schnaubte, zuckte die Achseln.

Kann schon sein, aber wenn ich das Motiv nicht kenne, kann ich nicht sagen, dass ich es glaube. Für mich könnte ein ganz blödes Motiv dahinterstecken, eins von diesen ganz billigen.

Lass hören, sagte Crissanti mit einer Kopfbewegung.

Na ja, dieser junge Mann, wissen Sie … man hört so allerlei über ihn, er ist ein bisschen seltsam …

Crissanti ließ sich rückwärts in den Sessel fallen, schnaubte ebenfalls, gab zu verstehen, dass er verstanden hatte, schlug die Hände vors Gesicht, Schon kapiert, schon kapiert, sagte er, Vielleicht ein Liebhaber von Giovanni, was? – Er sah Meloni streng an, sah, dass er den Blick senkte – Vielleicht ein wütender Vater, eine Mutter, eine Verlobte, die sich einen Spaß mit ihm gemacht haben.

Ich hab nur so gemeint, Maresciallo, nicht, dass ich irgendwas wüsste – Der Gefreite hörte sich an, als wollte er sich verteidigen. Der Vorgesetzte nickte, lächelte, als wollte er sagen Sicher, du hast ja nichts Schlimmes gesagt.

Und was meinst du, verhaften wir diesen Pisu?

Ich meine, wir haben keine Beweise, und das Koks wird er gut versteckt haben.

Tja, so wird es sein – und er schnaubte erneut und versuchte auszusehen wie einer, der nachdenkt, der ganz genau weiß, welche Entscheidung er zu treffen hat.

Bring mir diesen Collosporco, morgen oder übermorgen, ich will ihm ins Gesicht sehen, spüren, ob er wirklich nichts anderes weiß – Meloni riss die Augen auf, denn er wusste, dass man einen Informanten nicht in die Kaserne bringt, dass sie ihn dadurch diskreditieren würden, dass das keine Art war …

Ich pfeife auf die Bräuche und Gepflogenheiten, bring ihn her, und wenn du ihm Handschellen anlegen musst, solche Leute verliert man besser, als dass man sie behält, verstanden? – und er sah den Gefreiten an und lächelte erneut, denn er war zu schroff gewesen, seine Worte klangen erneut wie ein Vorwurf, und Meloni traf nun wirklich keine Schuld.

Jetzt geh, und schick heute Abend jemanden zu dem jungen Mann, er soll sich noch mal umsehen – und er sah den Hund und das geronnene Blut wieder vor sich, den Regen den Wind, die ihn schüttelten, und er verscheuchte das Bild und bemerkte, dass er allein war, hörte auf zu lächeln, erhob sich, um sich was zum Rauchen zu holen, und verfluchte den Regen, der nicht aufhörte.

18

Das Haar der jungen Frau wird von einem granatapfelfarbenen Band zusammengehalten, sie trägt einen kleinen Brillanten an der Nase, ihre Lippen sind mit einem roten Stift nachgezogen und an den Seiten leicht runzlig plissiert, sie trägt weite Hosen aus ungebleichtem Leinen und ein auffälliges, möglicherweise antikes Armband, sie wirkt, als würde sie Reisen in den Orient unternehmen und die guten Drogen, Gewürze und Gedichte lieben, sie hat das Buch in die Hand genommen, das Nicola auf dem Armaturenbrett liegen hat, blättert darin und singt dabei die Strophen, die aus dem Autoradio dringen, *Ich möchte am Morgen sterben, ich möchte noch einmal dein Lächeln sehen, die Sonne und das Feuer küssen, deine Lippen und deine Haut und dein Gesicht*, Ich war auf dem Weg in die Stadt, sagt sie plötzlich und blickt auf zu dem Mann an ihrer Seite, Und wohin wolltest du?

Zu einer Frau, erwidert Nicola ohne nachzudenken, nach Nuraiò, die junge Frau lächelt, vielleicht denkt sie an eine Ehefrau, möglicherweise sogar an eine Tochter, Deine Geliebte?, fragt sie lächelnd, fängt wieder in dem Buch zu blättern an, Nicola, betrunken, denkt wieder an den Abend, an Marta, die nichts von seinem Besuch weiß, an Marta vielleicht mit einem anderen, an das Alter der jungen Frau neben ihm, an die Gedichte, die er noch entdecken und seinen Geliebten singen kann, an die Austrocknungen an die Schwellungen des Herzens, an die Bücher, die täuschen nach den Worten von De Andrè, die sich nicht lösen, die sich weigern zu erlöschen, zu sterben. Das hier ist wunderschön, sagt die junge Frau und zeigt auf eine Seite des Buchs, geht mit den Augen nah an die Seite, holt Atem:

Abend heiser singend / unter roten / Kellerlichtern / streiten Trommler / weiße Hundeaugen / die der Wein geweckt hat / Runzeln kranker Seelen / Klarinetten in g-Moll / der alte Seemann / legt die krumme Hand / dorthin wo man nicht darf / niemand ist eine Taube / heiseres verstümmeltes Geflüster / engelsgleiche Stimmen von Mördern / Glas Eisen Blut

Das ist meine, sagt Nicola Rau zu der jungen Frau, Die engelsgleiche Stimme des Mörders ist meine, er hat diese Strophe für mich geschrieben.

Wirklich?

Ich spüre die Runzeln unter der Haut, die Runzeln einer kranken Seele, niemand ist eine Taube, wir alle flüstern heiser leise Worte der Liebe und beeilen uns dann, das Glas und das Eisen zu ergreifen, und früher oder später kommt dann das Blut.

Empfindest du Hass auf jemanden?

Ich weiß nicht. Ich bin betrunken, und ich hätte eine Frau heiraten sollen, die meine Freundin ist, die aber einen Verlierer, einen ohne Poesie mir vorgezogen hat.

Die Geliebte, zu der du fährst?

Ich fahre dich zur Tankstelle, danach weiß ich nicht – und er schweigt und sieht sie eine Sekunde an und holt Atem räuspert sich, beginnt zu singen, wie ein Blues:

Weinend bleiben wir / in der Reihe, um zu grüßen / den alten Seemann / der Herr sei mit dir / der schwärzeste Herr / Herr der Krieger / Himmel von Narben / Vater von Wahnsinn / feindlicher Seefahrer / Beherrscher der Albträume / sei mit dir Herr / unser Seemann / für die Sommer und die Herbste / während wir singen werden
/ das Gras

Die junge Frau fährt fort, sie hat den gleichen Ton gefunden, liest die Worte, aber mit fast geschlossenen Augen, sie setzt Nicolas Gesang fort, die junge Frau mit dem granatapfelfarbenen Band:

Abend heiser singend / unter roten / Kellerlichtern / streiten Trommler /weiße Hundeaugen

Sie wiederholt:

Abend heiser singend / unter roten / Kellerlichtern / streiten Trommler /weiße Hundeaugen

Sie sind angekommen, Nicola stellt den Motor ab, die junge Frau hat den Gesang beendet, das Buch geschlossen, auf das Armaturenbrett gelegt, sie lächelt, Diese Augen sind meine, sagt der Mann, Meine, die weißen Hundeaugen, sie steigt aus dem Auto, füllt den Benzinkanister, kehrt auf ihren Platz zurück, streichelt Nicolas Bart, Sie gehören allen, sagt sie, Wir haben alle solche Augen, manchmal, Ich habe sie heute Abend, erwidert er, bekommt einen Kuss auf die Wange, Fahr mich zu meinem Wagen zurück, sagt die junge Frau, sucht in einer Tasche, findet ein Tütchen, Ist das okay?, fragt sie, der Mann nickt, Besingen wir das Gras, denken beide, ohne etwas zu sagen, draußen regnet es ganz leicht, fast geräuschlos.

19

Meloni hat recht, Maresciallo, du darfst ihn nicht anschnauzen wegen dem, was er dir gesagt hat.

Hat er recht damit, dass du schwul bist? – seine Stimme klang dunkel, er hätte gern einen scherzhaften Ton angeschlagen, was er für das Beste gehalten hätte, aber dann hatte er doch wie ein Carabiniere geklungen. Das ist nicht die Stimme von jemandem, der einen Spaß machen will, sondern die eines Grobians oder böser Kneipenspäße oder nichts weiter, mir ist ein blöder Satz eines blöden Ermittlers herausgerutscht, sagte er sich, hoffte, der Junge würde vor ihm sprechen.

Er hat recht, es gibt merkwürdige Gerüchte, ich soll mir einen Lidstrich ziehen, wenn ich tanzen gehe, dabei gehe ich höchstens zwei- oder dreimal im Jahr zum Tanzen. Er hat recht, die Leute behaupten das von mir, die Meinungen, die er gesammelt hat, stimmen. Das ist doch die Aufgabe eines Polizeischergen, oder? Aufnehmen, was die anderen sagen, und dann entscheidet der Chef, was er damit anfängt, ob er dem Gerede Glauben schenkt oder nicht. Ob ich schwul bin, steht auf einem anderen Blatt, das sage ich dir nicht.

Aber die Sache mit dem Hund … – begann der Offizier, der junge Mann unterbrach ihn: Genau, Sie sind der Chef und Sie müssen entscheiden: Wenn es wahrscheinlich ist, dass man aus Bosheit einen Hund in meinem Garten gekreuzigt hat, dann wird es eben Bosheit gewesen sein, eine Rache aus verschmähter Liebe. Natürlich ist das Blödsinn, ein Riesenblödsinn, aber wenn Sie das so sehen wollen, Signor Maresciallo, sagen wir aus Bequemlichkeit, um Ihre Ruhe zu haben, na schön. Ich hab allerdings Fragen gestellt, habe andere Freunde angerufen.

Er wollte nicht schon wieder den Ermittler herauskehren, zog an seiner Zigarre wartete noch eine Sekunde, Giovanni, sagte er, Du musst mir etwas erklären, warum siezt du mich manchmal?

Weil du schließlich ein Unteroffizier der Carabinieri bist und ich ein Junge ohne rote Blutkörperchen und mit einem nutzlosen Studienabschluss.

Hattest du dein Studium nicht abgebrochen?

Ich war dabei zu promovieren, den Abschluss habe ich. Ich bin Philosoph, ein Philosoph, der sich einmischt, der keine Mülldeponie in dem Dorf will, in dem er lebt.

Und was hast du entdeckt?

Der junge Mann wartete eine Sekunde, auch er rauchte, Crissanti stellte ihn sich in seinem Rollkragenpullover vor, die Beine übereinandergeschlagen, mit müdem Blick, blasser Haut.

Die Namen. Zumindest den des Hauptdrahtziehers. Der hinter der Gesellschaft der Mülldeponie steckt, der Cristiano Pisu für seine Arbeit bezahlt hat. Die Auftraggeber, die Bösen.

Lass hören, sagte Crissanti zerstreut, Böse gibt es immer, hatte er sich gesagt, die wirklichen Bösen, weit weg und mächtig, dann sagte Giovanni den Namen, riss ihn aus seinen Gedanken, Der? – fragte er fast schreiend, der junge

Mann bestätigte, sie saßen schweigend da und machten sich ihre Gedanken über die Macht, die, die man kennt, und die, die man sich vorstellen kann. Ein wirklich Böser, sagte der Maresciallo und versuchte erneut, scherzhaft zu klingen, der Freund antwortete nicht.

Was willst du tun?

Er bezog sich damit auf den Artikel, fragte aus Neugier, um sich zu verteidigen, aber die Frage klang bedeutender: Was, fragte sich Crissanti, können wir eigentlich tun, angesichts eines gekreuzigten Hundes, angesichts einer Person, die den Mut hat, so etwas zu tun, die sich versteckt und in ihrer Unsichtbarkeit zu einer furchtbaren Bedrohung wird?

Ich verzichte darauf, vergesse es einfach. So macht man es doch, oder? Und schick Meloni heute Abend nicht vorbei, wirklich nicht. Ich schreibe den Artikel nicht mehr. Wenn du Lust hast, trinken wir morgen Nachmittag einen Kaffee in der Bar des Parks.

Gut.

Sie verabschiedeten sich, legten auf, Crissanti rief seine Freundin an, verabredete sich mit ihr zum Abendessen im Zentrum für danach. Hoffen wir, dass morgen schönes Wetter ist, sagte er sich, während er den Computer einschaltete.

20

Alberto Sannìo beendet gerade die Skizze einer Zeichnung, die er schon seit einer Weile im Kopf hat, schwarzverschleierte Frauen und knochige Bauern, die sich über Ähren beugen, es ist schon spät, gleich wird er die Farben, die Leinwand beiseite legen, duschen, ein sauberes Hemd suchen, sich rasieren, zu Marta gehen, um sich zu verabschieden, ihr Lebewohl zu sagen.

Der junge Priester aus Nuraiò betrachtet die Straße, die dunkel wird, fragt sich, wie lange er es aushalten würde, wie lange es funktionieren könnte, sein Leben als Diener Gottes, ob er nicht doch schnell noch ein Diplom in Geometrie oder Chemie machen und sich einen Beruf suchen und den ganzen Tag Häuser bauen und das Geld für die Kinder, die Frau, die Zukunft zurücklegen, Farben und Leinwände und die schlechten Gedanken aufgeben, die Unzufriedenheit, die immer schon in ihm nagte, töten, sich ein Mädchen mit guten Hüften suchen, Kinder kriegen und lächelnd dick werden sollte. Dick werde ich sowieso, sagt er sich, Noch ein paar Jahre, und ich verliere meine Haare und mein Lächeln und werde gütig und ruhig wie Priester Mulas sein, werde den Kindern, die mir zum Taufen gebracht werden, heilige Küsse geben und niemanden mehr beneiden, niemanden mehr hassen wegen einer Stellung oder einer Frau, und vielleicht werde ich am Ende sogar dieses Dorf mögen, das immer schon für mich entschieden hat, das mich getötet hat, indem es jeden Traum tötet, den Traum, berufsmäßig zu zeichnen und mit Fußball Geld zu verdienen, dumme Träume eines dummen Jungen, der ich immer gewesen bin, und jetzt habe ich nichts mehr, das mich antreibt, nur noch die Realität einer Pfarrei, die auf mich wartet und der ich dienen werde, einer Herde von Seelen, die ich zu weiden habe, ich kenne nicht einmal meine eigene, weiß nicht einmal, ob ich heute Abend stark sein werde, ob es mir gelingen wird, nein zu sagen, sie lediglich auf die Wangen zu küssen, die Frau, die ich liebe und die mich in dieses Dilemma gestürzt hat, und ich verstehe noch immer nicht, wie sie das geschafft hat, wie ich es akzeptieren konnte, und ob ich früher oder später alles hinschmeißen und mich oder vielleicht sie dafür hassen werde.

Jenseits des Fensters regnet es heftig, Pater Alberto hat die Zeichnung beendet, ohne es zu merken, er betrachtet sie, korrigiert sie, *Dämonen*, schreibt er klein in den Hintergrund des Bildes, legt es beiseite, geht ins Bad, aus dem Radio kommen Klavierklänge.

Ihr baut eine Handlung logisch auf;
wie bei einem Schachspiel geht es zu,
hier der Verbrecher,
hier das Opfer,
hier der Mitwisser,
hier der Nutznießer;
es genügt, dass der Detektiv die Regeln kennt
und die Partie wiederholt,
und schon hat er den Verbrecher gestellt,
der Gerechtigkeit zum Siege verholfen.
Diese Fiktion macht mich wütend.

Friedrich Dürrenmatt

1

Seit dem Morgen regnete es heftig, der Himmel war dunkel, sternenlos, in der Bar vor dem Park starrte Efisio Marras schwarz vor Ärger in sein Bier und brüllte wie ein Teufel.

Ich bring sie um – wiederholte er immer wieder –, was glaubt sie eigentlich? Gibt mir die falsche Adresse, ich bring sie um, diese Hure.

Er sprach mit der Bar, den vier alten Männern, die sich an den Tresen klammerten, der in roten Plüsch gezwängten Kellnerin, mit sich selbst und mit der düsteren Stille dieser späten Stunde einer Winternacht.

Man kann alles mit mir machen, aber nicht mich zum Narren halten, das nicht, ich bin gutmütig und umgänglich, aber wehe, wenn man sich über mich lustig macht.

Er brüllte brüllte, in das Schweigen der Bierdeckel.

Hure. Ich bring sie um, diese Dirne.

Marco Pistis, sein Biernachbar, Marco Pistis, platt gedrückte Nase halb Boxer halb Versager, Marco Pistis legte den Arm um seine Schultern, beugte sich zu seinem Ohr, sprach in einem unechten Flüstern, laut genug, damit alle es hören konnten:

Pfeif drauf, sagte er, Lass sie doch gehen, pfeif drauf, steh einfach drüber.

Die anderen lachten schallend, denn Pistis war Cagliaritaner aus Castello, ein Fuchs, der nie sagt, was er zu sagen scheint, sondern das genaue Gegenteil, Lügner Heuchler, jeder Satz eine Vorstellung Bosheit blühende Phantasie.

Steh drüber, sie will sich allen geben, und, mit Verlaub, lass sie doch, umso besser, dann ist es weniger anstrengend für dich, wenn du nach Hause kommst. Solange sie dir das Essen macht, und ihre Schönheit leidet auch nicht drunter, also was soll's?

Aber Efisio war nicht in Stimmung, für ihn roch es nach Scheiße, er sah feindseligen Spott in den Augen, sein Kopf tat ihm weh und sein Herz schlug wie wild, er dachte an die seidige Haut von Marta seiner Frau, an ihre kleinen süßen Lippen, schön wie reife Myrte, Lippen, die der Zeit widerstanden, glühend heiß, er dachte, dass sie nicht mehr ihm gehörten, dachte an die Liebhaber, die sie kannten, dachte an all das Leid, das er auf fremdem Boden auf sich genommen hatte, um zurückzukehren und sie heiraten zu können, um ihr dieses Ja zu entlocken und zu haben, was er brauchte, um ihr ein gutes Leben zu bieten, um keine Angst vor Verrat vor Zweifeln mehr zu haben, er dachte an die Hoffnungen, an das, was dann die Realität war, er spürte, dass sein Kopf platzen wollte, brüllte erneut, dass er sie umbringen würde, diese Schnepfe, schließlich sei er nicht irgendein Trottel, den man an der Nase herumführen könne.

Dünne Ohren eines rauflustigen Streithammels, empfänglich für das Rauschen der Spannung, für die elektrische Welle der unangenehmen Situationen, die anderen wussten, wie er sein konnte, dass er möglicherweise nicht scherzte, Efisietto, denn er war ein aufrechter und guter Christ, wenn alles gut ging, und arbeitete wie ein Maulesel auf seinem Boden und hätte hundert Jahre so weitermachen können, gebeugt über seine Tomaten Disteln Zucchini, aber wenn es ihn juckte, hielt er sich gewiss nicht zurück, um jemanden zu schlagen, ihn möglicherweise sogar umzubringen.

Der Gedanke strahlte, die gemeinsame Erinnerung an Deutschland Belgien Holland, ferne Stiefmütter alter zurückgekehrter Migranten, böse und fette Mütter, die auch Efisio aufgenommen hatten, vor vielen Jahren, aufgenommen ernährt zurückgejagt, mit Geld in der Tasche, um sich einen Nutzgarten zu kaufen, und vielen Geschichten, die ihm nachhingen, dunkle boshafte getuschelte, Geschichten von Wucher und Diebstahl, schlüpfrigem Sex und allerlei Geschäften, jedenfalls nichts Sicheres, Gerüchte, Getuschel eben.

Beruhig dich, Fisietto, sagte Srabadori su maccu zu ihm, der in dieselbe Stadt wie er emigriert war und trotz des verrückten Spitznamens keineswegs verrückt war, ja sogar in dem Ruf großer Vernunft und Urteilsfähigkeit stand, Beruhig dich, sonst kriegst du's mit der Leber, und was sind das überhaupt für Ausdrücke? Schnepfe, Dirne deine Frau zu nennen, die du geheiratet hast und mit der du schläfst, von der du so viele Jahre in der Fremde geträumt hast, ist das etwa eine Art?

Efisio hört nicht, will nicht hören, nicht einmal dem Papst persönlich würde er heute Abend Gehör schenken, er schweigt eine Weile, folgt krummen Linien zwischen den Whiskyflaschen, fängt wieder an zu brüllen, den jahrelang hinuntergeschluckten Ärger hinauszuschreien.

Das ist keine Art, weggehen zu wollen, um allein zu leben, in dieser Mansarde, als wäre ich Luft, als hätten wir nicht geheiratet, nur um besser herumbumsen zu können mit wem sie gerade Lust hat, ich hab genug gelitten, jahrelang so tun, als würde ich nichts merken, zu sehen ohne hinzusehen, zu hören und mir die Ohren zuzuhalten, was wisst ihr denn schon, das Gerede und die Blicke der anderen, Freiheit, gut und schön, aber alles hat seine Grenzen, und mir reicht es jetzt, dieses Miststück, ich bring sie um, noch heute Abend.

Zwei Bier später verließ Efisio Marras gehörnter Ehemann die Bar, der Ärger und der Schmerz hatten ihn immer wütender gemacht, der alte Srabadori fragte Cristiano und Gianni, ob die Geschichte stimme, dass Efisios Frau ihn verlassen habe, dass sie weggegangen sei und allein lebe, ihm habe diese Geschichte noch keiner erzählt.

Du hast wirklich keine Ahnung?

Efisio hat recht, das kann man wirklich nicht machen, ihn einfach so allein zu lassen.

Und dass sie Männer mit nach Hause nimmt, das stimmt auch.

Viele Männer.

Halb Fremde, halb Dirne.

So wie ich ihn kenne, geht er jetzt zu ihr und bringt sie um.

Und was Besseres kann er im Grunde gar nicht tun.

Sie tranken ihr Bier, Stille trat ein, draußen regnete es noch immer.

2

Es klingt wie ein rasender Tango, dachte Crissanti, während er dem Regen zuhörte, schwere Tropfen, die auf den Asphalt die Häuser schlugen, die Stille der Nacht und nur er in der Kaserne, die alte Olivetti wartete im Ruhemodus, der Tagesbericht war gerade getippt.

Er hatte keine Lust, schlafen zu gehen, sich in seiner Dienstwohnung zu verkriechen, zwei entsprechend hergerichtete Zimmer des Gebäudes, in dem die Kaserne untergebracht war, und so war er hier in dem kleinen Büro geblieben, mit dem Kalender der Arma auf seinem Schreibtisch, einem Zettelkasten mit den Berichten, die ans Kommando zu schicken waren, einer Hausbar mit irischem Bier, einem Likör, den eine Tante gemacht hatte, guten Zigarren für die Momente, in denen er sich allzu down fühlte und die Langeweile ihn erstickte.

Hier geschieht nie etwas, dachte der Maresciallo und legte das Blatt mit dem bereits geschriebenen Briefkopf zur Seite, *REGIONE CARABINIERI SARDEGNA – Stazione di Nuraiò*, Es geschieht nie etwas, ich kann nicht mehr.

Kurz wie immer, der Bericht, gerade mal zehn Zeilen, alles in allem vier Anzeigen: Diebstahl eines Autoradios, eine angebliche sexuelle Nötigung (Betonung auf angeblich, die Frau, die die Anzeige gemacht hatte, war eine bekannte Neurotikerin, *psychisch instabil*, hatte der Gefreite geschrieben), eine auf dem Land verlorene Brieftasche (*Monte Landiri*, Was für ein Berg denn? hatte Crissanti sich gefragt, an ganz andere Höhen, ganz andere Wälder gewöhnt).

Kein Wort über Collosporca auf dem Blatt für den Zettelkasten, den der kleinen Garnison und diejenigen, verstaubter und größer, ebenso nutzlos, des Zentralkommandos, nichts über die Hypothesen des jungen Mannes, über Melonis Zweifel. Das hat Zeit, hatte sich Crissanti gesagt, während er das Blatt weglegte und sich den Namen, *jenen* Namen, wiederholte. Das hat Zeit, warten wir ab, ob sich neue Erkenntnisse ergeben.

Er machte einen letzten Zug, legte die Zigarre in den Aschenbecher, wartete, dass sie ausging, um sie in die Kiste zurückzulegen, öffnete ein dunkles Bier, trank es aus der Flasche, spürte, wie die kalte Flüssigkeit in den leeren Magen hinunterrann, sagte sich, dass er bei Gianni vielleicht noch eine Pizza bekommen würde.

Er war müde, versuchte nicht an den Hund, den jungen Mann, an die eifersüchtigen Liebhaber oder die bösen Senatoren zu denken, versuchte die Gedanken die Hypothesen nicht zu vertreiben, streckte die Beine unter den Schreibtisch aus, sie fühlten sich schwer an, er stand auf, beugte den Oberkörper, die Arme, fragte sich, ob er den Wagen nehmen sollte, um nicht nass zu werden, ihn verlockte der Gedanke, den Regen auf dem Gesicht den Händen zu spüren, den eiskalten Wind, der seine Haut peitschen würde.

Als das Telefon läutete, hatte er sich noch nicht entschieden, es regnete heftiger denn je, kurz nach Mitternacht.

3

Eine Viertelstunde nach Mitternacht kehrte Efisio Marras in die Bar zurück, der Pullover triefnass vom Regen, die Gummistiefel glänzend vom Schlamm, einen merkwürdigen Ausdruck im Gesicht, wie jemand, der einem inneren Druck ausgesetzt ist, der eine große Dummheit begangen hat, jemand fragte ihn, ob er sie denn nun umgebracht habe, seine Frau.

Verloren die Flaschen anstarrend, bestellte er einen Averna.

Er antwortete nicht auf die Frage, die anderen spielten Karten, Efisio und seine dunklen Dämonen waren ihnen egal, der Mann antwortete nicht, zog eine unfreundliche Grimasse.

Spottet nur, spottet nur – knurrend entblößte er die Zähne in seinem finsteren Gesicht.

Cristiano Muscas und Gianni Palmas spielten Rommé mit dem alten Tarcisio, brüsteten sich um die Wette mit Geschichten, beobachteten die neue Bardame, die verloren in einen Harmony starrte, der Barbesitzer schäkerte mit der Frau seines Teilhabers, der Atem der Anwesenden hüllte den Raum in Dunst, draußen schüttete es.

Efisio Marras trank schweigend seinen Bitter, den Blick starr auf die Tässchen gerichtet, deren Email stellenweise abgeplatzt war, dachte an gewisse sonderbare Teufel und war der Letzte, der den Maresciallo mit Handschellen auf sich zukommen sah, als es kurz vor ein Uhr nachts war.

4

Am Abend des Mordes hatte sich Zio Salvatore su maccu, der Verrückte, der kurz nach Efisio Marras die Bar verlassen hatte, mit gewissen schleimigen und dunklen Dämonen eingelassen, und als er mit ihnen fertig war, trottete er müde und stumm wie ein alter Esel nach Hause, wo seine Frau ihn erwartete, eine halbe Deutsche, immer zornig, nicht sonderlich gut gekleidet, einigermaßen hässlich.

Sie wartete lange an diesem Abend, Salvatores Frau, denn als der Mann in die Via dello Statuto einbog, sah er den blauen Uno der Carabinieri, blieb stehen und fragte sich, was da passiert sein mochte in dieser stockdunklen Regennacht.

Was ist passiert, Dottore?, fragte er den Maresciallo, der aus dem hohen dunklen Haus kam, verstrickt in Fragen und unerfreuliche Gedanken.

Eine Frau ist ermordet worden, Zio Salvatore, das ist passiert, das abgespannte Gesicht bestätigte die Worte.

Der Alte blickte nach oben, zu einem Fenster im zweiten Stock, aus dem unheilvolles elektrisches Licht drang, erbleichte, stützte sich auf das Auto, um nicht zu fallen, denn seine Knie wurden weich, sein Geist eilte zurück zum bis eben verbrachten Abend, zu den Gesprächen in der Bar, zu den bösen Dämonen.

Ermordet, und wie?, fragte er. Der Maresciallo schnaubte,

kniff die Augen zusammen und beschrieb ihm in zwei Worten die Szene, den hässlichen Anblick des Körpers in seinem Blut, aber die eigentliche Frage war eine andere, der Alte formulierte sie flüsternd, mit dünner, zitternder Stimme, Marta Deiana, sagte er, stimmt's?

Woher weißt du das?, fragte Crissanti, sich aus seinen Gedanken reißend.

Maresciallo, fahren Sie mich nach Hause, und ich werde Ihnen ein paar Dinge erzählen – neben ihm im Dienstwagen sitzend, erzählte er ihm von Efisio Marras, von dem, was der am Tresen gesagt hatte.

Crissanti brachte den Wagen mit einem plötzlichen Tritt auf die Bremse zum Stehen, ein schrilles Kreischen auf der menschenleeren Straße.

Steig aus, Salvatore, geh zu Fuß nach Hause.

Und komm morgen Früh in die Kaserne, um deine Aussage zu machen.

Salvatore nickte, stieg aus dem Wagen, mummelte sich in seinen abgewetzten Mantel, den er immer trug, von Oktober bis März, und schloss nicht sofort die Wagentür.

Um welche Zeit ist sie getötet worden?, fragte er den Offizier mit gesenktem Blick.

Das weiß ich nicht, die Schreie wurden vor einer halben Stunde gehört, mehr oder weniger. Warum fragst du mich das?

Ach, nichts weiter, stammelte der Verrückte, Nichts weiter, wir sehen uns morgen Früh, fügte er hinzu, versuchte irgendwo hinzusehen, nur nicht in die Augen des Offiziers, seine Hände begannen zu zittern, er schloss die Wagentür mit einem unsicheren Schlag, sah dem Auto nach, das losraste, zur Bar hinter dem Park, verschluckt vom Dunkel dieser sternenlosen Nacht.

Vor einer halben Stunde, wiederholte er, Vor einer Stunde, und er berührte seine runzligen Wangen, spürte, dass sie glühend heiß waren, vielleicht durch die Aufregung oder die Kopfschmerzen, durch diese Gedanken, die ihm durch den Kopf rasten und ihm von Zeit zu Zeit das Bild von Fisietto in Handschellen und das von Marta ihren zerschmetterten Kopf, die Worte die harte Stimme des Maresciallo zutrugen, Wer weiß, ob ich seinen Augen ausgewichen bin, fragte er sich, Vielleicht hat er meine Hände gesehen, er machte sich wieder auf den Weg nach Hause, der Regen nässte sein Gesicht, seine Runzeln.

5

Beim Verhör antwortete die oben genannte Zeugin auf die Fragen:

Sie habe Schreie gehört, laute, wütende Schreie und dann Schmerzensschreie, Schreie einer Frau, gellende Schreie aus dem oberen Stockwerk.

Sie habe allerdings geglaubt, sie kämen aus dem Fernseher, einer dieser Filme, die sie um diese Zeit bringen, ein Horrorfilm, ein Kriminalfilm.

Sie habe daher etwas gewartet, bevor sie sich entschlossen habe hinaufzugehen, um nachzuschauen, zu kontrollieren, ob alles in Ordnung sei.

Da sie alt sei und etwas hinke, habe sie ein paar Minuten gebraucht, um die Treppe hinaufzusteigen, die sie von der Mansarde der Ermordeten trenne.

Sie habe die Wohnungstür offen gefunden, sei hineingegangen und habe sie sofort gesehen: weit aufgerissene Augen, weiße Pupillen, die Brüste entblößt, mit dem Rücken auf dem Boden liegend, den Kopf in einer Blutlache, die Haare blutdurchtränkt.

Sie habe von dort aus den Signor Maresciallo angerufen, von dem weißen Telefon mit den großen schwarzen Tasten, das sie auf der kleinen Konsole in der Diele gesehen habe. Kommen Sie sofort, habe sie geschrien, Ich kann es nicht glauben, kommen Sie sofort.

Nein, sie habe niemanden aus der Wohnung kommen sehen, sie habe kein Geräusch auf der Treppe gehört. Ja, dessen sei sie sicher.

Außerdem habe es stark geregnet, es sei nicht leicht gewesen, Geräusche zu hören, zumal sie, die Unterzeichnete, betagt und etwas schwerhörig sei, das Alter eben.

Urkundlich: gelesen, wiedergelesen und unterzeichnet.

6

Crissanti hatte sie bemerkt, Zio Salvatores zitternde Hände, die unsicher die Wagentür schlossen, und seine unruhigen Augen, die den Zeitpunkt des Mordes berechneten, aber er hatte nicht sofort nachgefragt, weil er es eilig gehabt hatte, gleich zu Efisio zu fahren und ihm die Handschellen anzulegen, ihm fest in die Augen zu schauen, während er ihm sagte, dass seine Frau tot sei, in den wässrigen Augen des Mannes nach einem Aufblitzen von Überraschung Erstaunen Resignation Reue zu suchen.

Er war wie ein Besessener losgerast, der Signor Maresciallo, um zu versuchen, in Efisiettos Kopf zu stöbern, bevor irgendein anderer ihn nach dem Motiv fragen würde, um in dem Kopf eines verzweifelten oder schuldigen – oder vielleicht sowohl als auch – Ehemanns zu stöbern und sich sofort ein Bild zu machen, denn für Crissanti bedeutete es noch etwas, in die Augen eines Mannes zu blicken, der einer so bestialischen Tat, den Kopf der eigenen Frau zerschmettert zu haben, angeklagt war.

Später, während er in der Kaserne darauf wartete, dass sie vom Kommando den Richter holten und dieser den Haftbefehl bestätigte, kehrte Crissanti ein paar Mal zurück, um in Efisio Marras' quadratischem Gesicht nach irgendetwas zu suchen, er versuchte mit den Augen den Blick zu erforschen, rauchte mit ihm ein paar Camel, sah ihn in tausend

Gedanken verloren, vermochte aber nicht in sie einzudringen, nicht einmal für eine Sekunde, und daher verließ er ihn nach einer Weile, um wieder hinüberzugehen und dem Gefreiten mit den Zeugenaussagen den Protokollen zu helfen, denn die Kaserne hatte sich gefüllt mit geschrienen Sätzen, den Schwüren der Zeugen: die Bardame und der Barbesitzer und die Gäste der Bar, jeder wollte diese Worte gehört haben, Ich bring sie um! Hure! Bei mir hat sie sich verrechnet!, kurz, all die Sätze, die für den Augenblick genügten, um Efisio hinter Gitter zu bringen.

Aber die unruhigen Augen von Zio Salvatore waren noch immer da, er sah sie vor sich, Crissanti, der auf den Anruf des Richters wartete, die bestürzten Augen und die zitternden Hände des Alten, wer weiß, vielleicht wollten sie etwas sagen.

Und vielleicht sollte ich besser hier bleiben und die Worte dieses Trunkenbolds aufschreiben, sagte sich der Maresciallo, Anstatt von Haus zu Haus zu laufen und jeden zu fragen, ob er etwas gesehen habe, ob um diese Zeit Autos unterwegs gewesen seien, ob jemand Efisio begegnet sei oder irgendeinen anderen ins Haus habe gehen, durch den Regen habe laufen sehen.

Vielleicht sollte ich besser hier blieben, rauchen und abwarten, ob der Staatsanwalt mir das Leben erleichtert, anstatt herumzufragen, jene Minuten zu rekonstruieren, Zweifel zu bekommen, versuchte Crissanti sich selbst einzureden.

Aber der Richter hatte geschrien, er solle nichts unternehmen, die Aussagen aufnehmen und die Bestätigung der Festnahme abwarten und dann nach Buoncammino fahren. Unverzüglich und ohne Aufsehen, hatte er ihm gesagt, mit verschlafener Stimme und in wenig freundlichem Ton, und der Maresciallo hatte nichts anderes tun können, als Jawohl! und Auf bald, Dottore! zu sagen. Und dann hatte er schnaubend aufgelegt, sich eine Zigarre angezündet und den Regen verflucht, der nicht aufhörte, die beiden Prüfungen, die ihm fehlten, und den Beruf, den er gewählt hatte.

Seine Beine fühlten sich schwer an, und er spürte einen leichten Kopfschmerz, der mit Sicherheit stärker würde, schob die Arme hinter den Rücken und streckte die Beine unter den Schreibtisch aus, schloss die Augen bis auf einen Spalt und betete, dass Roberta sich für den nächsten Tag freimachen konnte, für ein Abendessen oder ein Konzert.

Er machte sich einen Kaffee mit Melonis Kaffeekocher, trank ein Tässchen und brachte dem Gefreiten eines. Der Arme, dachte er in Bezug auf Efisietto, der drüben in der Zelle weinte flehte die Heiligen verfluchte, Der Arme, dachte Crissanti einen Augenblick, dann bereute er den Gedanken.

7

In dieser Nacht setzte sich eine Frau mit silbrigem Haar auf Crissantis Bett, mager und knochig, mit hervorquellenden Augen, Augen aus hartem Stein, riesigen Augen, langem dünnem Haar, eine schöne zwanzig- oder hundertjährige Dame, erhob sich vom Bett öffnete das Fenster, setzte sich, die Beine nach außen, zum Hof, zum Himmel, von dem endlich kein Regen mehr fiel, sternenglänzend, wie leer.

Sie sah Crissanti an, der zu schlafen schien, aber in Wirklichkeit kämpfte der Maresciallo auf der Grenze zwischen Gedanken und Träumen, verdammter Kaffee, die Knochen taten ihm weh, aber er schaffte es nicht, sich von allem zu befreien, das Dunkel der Bewusstlosigkeit wollte ihn nicht verschlucken, verdammter Kaffee, er wurde die Gedanken des Tages nicht los, die Hexe sah ihn an und lächelte, Den toten Hunden nützt die Wahrheit nichts, flüsterte sie, Und es passt nicht, es stimmt nicht, Signor Maresciallo, so geht es nicht, der Böse und der Schuldige, der Mann hörte nicht auf, sich hin und her zu werfen, sich von einer Seite auf die andere zu wälzen, er rieb die geschlossene Faust am Laken, von seinen Lippen kam ein Stöhnen, ein geflüstertes Nein, vielleicht träumte er endlich oder es war noch immer die Unruhe des Halbschlafs.

Die Frau drehte sich um und starrte auf die Straße die Häuser die Gärten, beugte sich vor, schwang sich hinaus und war im Nu in der Luft, Crissanti glaubte sie zu sehen, ganz weiß und hoch oben, wie sie mit lächelndem Gesicht zu den Feldern und den Gewächshäusern flog, zum Fluss, den die Launen des Staudamms ausgetrocknet hatten, zu den Fischen, die in den Pfützen im Sterben lagen, den verschwundenen Aalen, dem ausgetrockneten Teich, den durch die gefräßige Chemie vergifteten Böden, Crissanti sah alles, die Hexe mit ihren breiten Beinen über dem Asphaltband, die glänzenden Wagen, die Kinder, die aus der vornehmen und reichen Stadt zurückkehrten, in der auch um diese Zeit noch geschäftiges Treiben herrschte, er sah das weiße Gemeindehaus unter dem Bauch der Hexe und dort gegenüber den Hafen, zwei Fischer mit stachligen Bärten, sonnenverbrannten Lippen, vom Wein aufgedunsenen Bäuchen, drei Huren aus dem armen Afrika, vier ausgemergelte Kinder und den Schorf auf ihren Armen und zwischen ihren Zehen, und höher hinauf auf die Türme, um finster das Meer und die Mauren zu betrachten und auch das Castello, die so überaus vornehmen Palais verkrustet vom Salz, von der Zeit und von der Abwesenheit der Eigentümer, verloren in den Villen an der Küste, und dann flog die Hexe weiter zu der weißen reiz- und freudlosen Festung, erfüllt von Klagen und Gitterstäben, Gewehren und Hass, das Gefängnis der Besiegten, wo die Bösen sich abplagen, wo die Teufel, die nichts mehr zu erwarten haben, die Mörder und die Räuber, die Betrüger und die Herumhurer und die Glücklosen, die Verdammten vor Kälte und Schmerz sterben, die Hexe fliegt in die Zelle von Efisietto und küsst seine schmutzigen Füße, singt ihm den Kinderreim, *Ommini mau as'a morri impiccau*, böser Mann, hängen wirst du, bläst ihm den Hauch schmerzlicher Erinnerungen und Beschuldigungen ins Ohr, Crissanti ist sich in seinem Halbschlaf sicher, sie zu sehen, mit ihrem Gesicht weiß wie Mehl den endlos langen Fingernägeln, wie sie Efisietto auf die Stirn küsst und zu ihm sagt, Hast du gesehen? hast du gesehen, böser Mann, der du dich betrinkst und fluchst?, aber Efisietto schläft und hört sie nicht und wirft sich hin und her wegen der Kälte und Feuchtigkeit und winselt, dass er es nicht war, dass er es nicht war, dass der geschwänzte Teufel ihn dorthin geschickt hat, er krümmt sich und erbricht schaumiges rotgefärbtes Bier, Bier und Blut und Entschuldigungen und Worte, die Crissanti nicht hört oder nicht versteht, letztlich sinnlose Worte, Worte eines Häftlings, der einen Frieden sucht, den er nicht verdient, Worte übertönt vom Lachen der Hexe, einem hohen und schrillen Lachen, ohrenbetäubend, unerträglich, ein geschrienes Lachen, das Crissanti aufweckt, das ihn wirklich aufweckt, ihn sich im Bett aufsetzen lässt, den Rücken am Kopfende, die Hände zitternd, das Unterhemd schweißnass, schnell atmend, Was für ein Traum, denkt er, Die Hexe und das weiße Gefängnis, verdammter Kaffee, verdammter.

Und erneut sucht er den Schlaf, der schließlich kommt nach einer halben Stunde wiederum verworrener Gedanken, Details, die sich verfolgen, verschwinden, Beweisführungen aus Krimis, Sätze gelesen auf irgendeiner fernen Seite, Etwas stimmt nicht, bei Gott! Etwas stimmt nicht! Jeder Hinweis kann der richtige sein, es muss alles zusammenstimmen! Sätze, die für die Bücher taugen, flüstert das schlaflose Unterbewusstsein des Maresciallo, für die erfundenen Geschichten, in denen alles der Logik und Regeln folgt, aber so ist es nicht, sagt sich Crissanti, denn im Leben ist der Zufall König, und die Ermittlungen sind ein Krieg gegen diesen Herrn, den niemand verehrt, der aber vieles entscheidet, und die Sätze der Bücher taugen für die Bücher und ihre Leser, und fast nie stimmt alles zusammen und vor allem nie im richtigen Augenblick, und vielleicht bekommt man Hilfe, Hilfe vom Zufall oder von einem unruhigen Traum, eine Einflüsterung der Hexe, die mich wenigstens ein wenig lenkt, verdammte Hexe, die du mir den Schlaf raubst, verdammter Kaffee, Morgen rufe ich den Jungen an, sagt sich Crissanti, streckt sich aus und versucht wieder zu schlafen, draußen scheint es nicht zu regnen.

8

Schließlich war die Nacht vorbei, und auch der Regen schien verstummt zu sein, von den Bäumen des Platzes fielen die kalten Tropfen, die in den Zweigen hängen geblieben waren, die Sonne trocknete die Straße, groß gelb an einem wolkenverhangenen Himmel, die Sonne trocknete allerdings ohne zu wärmen, denn es blies ein verschrobener und böser Mistral, der die Frauen zittern ließ, die unterwegs waren, um einzukaufen, oder vor der Schule standen und schwatzten, während sie mit den Augen den Kindern in ihren Kitteln folgten, die schreiend und sich schubsend durchs Schultor liefen.

Maresciallo Crissanti und der Gefreite Meloni waren bis spät in die Nacht aufgeblieben, der eine am Telefon mit dem Richter und seinem Freund Giovanni, der andere am Computer, wo er versuchte, Ordnung in das Durcheinander der Worte der Zeugin zu bringen, einer siebzigjährigen Frau, die in der Wohnung unter der von Marta Deiana wohnte.

Er hatte ziemlich geschwitzt, der Gefreite, denn jedes dritte Wort von Zia Luigina war sardisch, und sie durchsetzte ihre Aussagen mit flehentlichen Bitten an das Herz Unseres Herrn und an die Heilige Jungfrau und an den Heiligen Antonius und an alle Märtyrer und Seligen, und auch, weil der Gefreite Meloni es nicht so sehr mit dem Schreiben hatte, und so wurde es eine harte Nacht für ihn, so sehr, dass er am Morgen in seinem Bett das erste Klingeln des Weckers geflissentlich überhörte und es sich gönnte, erst gegen zehn in der Kaserne zu erscheinen.

Der Maresciallo war dagegen aufgewacht, als es noch dunkel war, hatte eiskalt geduscht und war, in Uniform und zu Fuß, zur Bar an der Ecke gelaufen, wo eine sechzehnjährige Kellnerin mit leicht geschminkten Lippen und einem schönen ehrlichen Gesicht dem neuen Tag und den Stammgästen zulächelte, vor allem aber Crissanti anlächelte, den Maresciallo aus Barbagia, wobei sie sich leicht in die Lippen biss und sich eine Sekunde lang fragte, wie es wohl wäre, mit ihm verlobt zu sein.

In der Bar wurde von Marta gesprochen, als Crissanti eintrat, worauf alle verstummten, als sei ein heraufbeschworenes Gespenst hereingekommen, verstummten, weil es ihnen unpassend erschien, vor dem Maresciallo über das Verbrechen zu sprechen, als wäre er ein Verwandter der Ermordeten gewesen oder einer ihrer trauernden Liebhaber.

Der Maresciallo bemerkte die Stille, die verlegenen Begrüßungen, den warmen Blick des Mädchens, aber er kam gar nicht dazu, darüber nachzudenken, denn er zog es vor, den Kaffee hinunterzustürzen und das Lokal zu verlassen, in die Kaserne zurückzukehren, sich an seinen Schreibtisch zu setzen und zu versuchen, Ordnung in seine Gedanken zu bringen, während er sich eine kleine kubanische Zigarre anzündete, die er seit Monaten für eine besondere Gelegenheit aufbewahrte, und dies war ja wohl eine, denn in Nuraiò starb man gewöhnlich nur an Langeweile oder an Altersschwäche.

Maresciallo, sagte der junge Mann am Telefon zu ihm, mit leicht erregter – wegen der frühen Morgenstunde, zu der er normalerweise noch schlief – etwas heiserer Stimme, Maresciallo, ich störe dich nur einen Augenblick, denn ich kann mir vorstellen, dass du viel zu tun hast, aber ich wollte dir eines sagen: Fang an, Fragen zu stellen, vergiss die Routine, den Richter, frag herum, ob jemand Efisietto gesehen hat, als er die Bar verließ, ob jemand einen Schatten in Martas Haus hat gehen sehen, mache die Liebhaber der Frau ausfindig, denn sie hatte mehr als einen, durchleuchte ihrer aller Leben, denn das ist schließlich dein Beruf. Ich weiß, antwortete der Offizier in den Hörer, Aber ich habe keine Lust dazu.

Er schwieg, er hörte das Schweigen auf der anderen Seite der Leitung, fragte sich, ob der junge Mann sich nicht wie immer über ihn lustig machte, ob das nicht ein neues Spiel war, sich Dinge zu sagen, die für beide selbstverständlich waren. Ich habe einen Befehl erhalten, sagte er, und diesmal traf er den beabsichtigten ironischen Ton, Und ich halte mich besser daran. Aber heute Abend treffe ich mich in Cagliari mit meiner Geliebten, fügte er hinzu, Vielleicht verstehe ich etwas besser, wenn ich mit ihr darüber spreche.

Vielleicht kommst du am Nachmittag zu mir, wenn du Lust hast, noch verwirrter zu werden, wir hatten uns immerhin auf einen Kaffee im Park verabredet, er hatte in scherzhaftem Ton gesprochen, der junge Mann, er erwartete keine Antwort, Arbeite gut, fügte er hinzu und legte auf, den Maresciallo allein lassend, draußen hatte es tatsächlich zu regnen aufgehört, man hörte den Wind toben.

9

Zio Salvatore machte in der Mordnacht kein Auge zu.

Die Sorgen.

Die Erinnerungen.

Die Wette, Deutschland, die Emigranten aus Nuraiò auf den Bänken des Parks in München, fluchend, zutiefst einsam, die Frau, die ihm ständig in den Ohren lag, sie sollten alles verkaufen und wieder weggehen, die Kinder, die es rundweg abgelehnt hatten, mit ihnen auf die Insel zu übersiedeln, wozu?

Und die Telefonate der vergangenen Monate, die nachts kamen und ihre Ruhe störten, diese Forderung, die fast zu einer Drohung geworden war, und dann dieses Unglück, Maresciallo Crissanti, der Arme, so freundlich und tüchtig, der gar nicht wie ein Carabiniere wirkt, und Efisietto in Handschellen, denn er wusste, was es mit dieser Geschichte des gehörnten Ehemanns auf sich hatte, aber so hätte er sich natürlich nicht aufführen dürfen, diese wutentbrannten Sätze in der Bar vor dem ganzen Dorf, und das ist nun das Ergebnis, guter Gott heiliger Gott, Buoncammino, das verdammte Gefängnis, Mord!

Efisietto, Efisietto, wie soll ich dich da nur herausholen?

Und die schleimigen Dämonen und ein paar Sandkörner in der Unterhose, die ihn jetzt wie Feuer quälten, Feuer der Gewissensbisse und Marta Deiana mit zerschmettertem

Kopf und ihre Liebhaber und noch viele weitere Dinge, und dieser Regen, der aufhörte und wieder anfing, als würde er singen und dann Atem holen, schwarzer Gesang von Zweifeln und Albträumen, was sollte er tun?

Denn ihn zu retten hätte ihn unweigerlich ins Verderben gestürzt, und wenn er, Efisietto, nicht sprach, um seine Haut zu retten, sollte der Alte dann sprechen? Der im Grunde nichts damit zu tun hatte und nicht einmal ganz sicher sein konnte, dass er Efisio Marras überhaupt hatte weggehen sehen in jenem dunklen Hof, als er dort ankam, genau zum Zeitpunkt des Mordes.

Was hat dich nur geritten, sagte er sich jedoch sofort, während er sich in den Laken hin und her warf. Was hat dich nur geritten, du alter Dummkopf, dass du ihm auch noch zugenickt hast, du, der du nachts besser siehst als am Tag, was hat dich nur geritten, sicher, er wird nicht reden, der Unglücksmensch, würdest du etwa reden? Niemals, denn deine Frau zu töten ist zwar abscheulich, aber das, was ihr getan habt, ist noch schlimmer, ist das Schlimmste, was man tun kann.

Und so ging es die ganze Nacht, er wälzte sich im Bett hin und her, störte die Frau, die ihm aus ihrem Schlaf von Zeit zu Zeit etwas zurief, Worte des Protestes in Deutsch in Italienisch, Beschimpfungen, Vorwürfe.

Schlaf schlaf, um die Probleme kümmere ich mich schon.

Als es ihm endlich gelang einzuschlafen, war es fast vier, und um fünf klingelte der Wecker, und so stand er müder auf, als er sich hingelegt hatte.

Er wusch sich das Gesicht, machte Kaffee, setzte sich auf die Toilette und zündete seine erste Zigarette an.

Er war fast sechzig, er hatte immer gearbeitet, er erinnerte sich nicht, jemals saubere Hände gehabt zu haben, immer schwarz von Werkstattschmiere oder von Erde, seit er die Grundschule beendet hatte, immer.

Denken war nicht etwas, das ihm besonders gefiel.

Über die Ereignisse nachzudenken, zu entscheiden, was besser wäre, wie viel er verlieren würde, wenn er das eine tat, und was er dabei gewann, über die anderen und über sich zu urteilen, das war ihm lästig, das strengte ihn mehr an als körperliche Arbeit.

Und auch mit den Carabinieri zu sprechen, und sei es mit dem ehrlichen Gesicht des Maresciallo, auch das war nichts für ihn, denn er hatte immer das Gefühl, dabei ein wenig das Gesicht zu verlieren, wenn er dem Gesetz die Probleme erzählte, die er hatte, und deswegen hatte er auch diese störenden nächtlichen Anrufe noch nicht zur Anzeige gebracht, falls man so etwas überhaupt zur Anzeige bringen konnte.

Aber an diesem Tag hatte er kaum eine Alternative, er musste eine Entscheidung treffen: Entweder rief er Crissanti an und sagte ihm alles, dass er Efisio am Vorabend zum Zeitpunkt des Mordes begegnet war und dass er es folglich nicht gewesen sein konnte, oder er schwieg, aber auch das war eine Entscheidung, denn schließlich war Efisio sein Freund, und ihn dreißig Jahre im Gefängnis schmoren zu lassen, das war kein Spaß.

Verfluchte Scheiße, sagte er sich, während er die Spülung zog.

10

Das Land der Banditen!

Der Gerichtsarzt hatte es gesagt und dabei den Mund weit aufgerissen in einem breiten und schiefen Lächeln, als sei er auf den Arm genommen worden.

Was ist, sind Sie gekränkt? Dann stimmt es also nicht, dass Sie aus Ordilè sind, Sie nehmen mich auf den Arm.

Die aus Ordilè regen sich auf, wenn sie das hören.

Das Land der Furchtlosen, der *balenti*, verbessern sie mich gewöhnlich, aber das eine schließt für sie das andere nicht aus, im Gegenteil … Nur um zu präzisieren: das Land der furchtlosen Banditen, womit sie selbstverständlich das Banditentum durch den Wert nobilitieren wollen, der ihm unterschwellig zugrunde liegt, ihm zugrunde liegen sollte: *la balentìa*, der Mut, die Kühnheit, die Nichtachtung der Gefahr, die Auflehnung gegen jede Macht, die Tatsache, Eier zu haben und keine Furcht zu kennen, das Wichtigste überhaupt …

Erneut dieses Lächeln, die glänzenden Augen, die halb entblößten Zähne.

Aber entschuldigen Sie, ich überfalle Sie mit meinen billigen Analysen, mit meinen langweiligen Spekulationen … und das vor einem Mann der Arma, der sich grämt, weil er nicht seinen berühmten Landsleuten gleicht, habe ich recht?

Crissanti hatte keinerlei Reaktion gezeigt, er hatte die Hände in den Taschen seines Mantels, seine Augen versuchten sich an dieses unangenehme künstliche Licht zu gewöhnen.

Ist es sicher, dass es sie gibt?, fragte er schließlich. Der Arzt sah ihn verblüfft an:

Dass es die Banditen gibt?

Nein, die Ordileser, wie Sie gesagt haben – jetzt hatte der Offizier die Hände aus den Taschen genommen, rieb sie gegen die Wolle des Mantels, versuchte sie ein wenig zu wärmen, denn die Todeskälte in diesem Raum begann ihm zuzusetzen – Ist es sicher, dass, wie soll ich sagen, etwas Kollektives existiert, das eine einzige Meinung hat, eine einzige Art zu denken ... eben die Ordileser, ist es sicher, dass das etwas bedeutet? Ich höre mein ganzes Leben lang die unterschiedlichsten Meinungen in meinem Dorf.

Und dabei weiß ich nicht einmal, ob es meines ist, ob es wirklich meines gewesen ist, dieses Dorf aus Steinen und Schrot, fügte Crissanti in Gedanken hinzu, starrte auf den Leichnam und fühlte sich schwach, ohne Luft und ohne Blut.

Der Arzt hatte aufgehört, Marta Deianas Kopf zu untersuchen, und sich aufgerichtet, groß und breit wie ein Schrank, die Hände in die Seiten gestützt, mit fragenden, ernsten Augen, sein Lächeln war verschwunden.

Und Sie, sind Sie sicher, dass Sie Carabiniere sind?

Der Maresciallo lächelte. Carabiniere und Anthropologe, hätte er gerne geantwortet, es hätte ihm eine diebische Freude gemacht, aber ihm fehlte die berühmte Prüfung, und natürlich die Doktorarbeit, und er hatte keine Lust, ihm die Geschichte dieses Abbruchs zu erzählen, im Grunde die Geschichte seines Lebens.

Ein Kollektiv … hören Sie, ein Carabiniere, der wie ein Intellektueller redet, der meinen üblen Hang zu billigen soziologischen Analysen teilt, ich kann es nicht glauben – er hatte sich mittlerweile wieder über den Schädel der Frau hergemacht, und als er ihn so sah, krumm und ganz weiß mit seinem Kittel und seinem Mundschutz, wirkte er wie ein Gespenst auf Crissanti, ein riesiges Gespenst gebeugt über einen kleinen Leichnam.

Immerhin hatte ich, als ich auf der Universität war, ein Mädchen aus Ihrem Dorf kennen gelernt, wissen Sie, hübsch, klein, schönes Haar, ein bisschen wie diese Unglückliche hier – mit einer Bewegung des Kinns wies er auf die Unglückliche unter seinen Instrumenten – Kurz und gut, wir waren nicht wirklich zusammen, aber wir sahen uns … gingen miteinander ins Bett, das schon. Na ja, trotz all dieser Geschichten über das Land der Banditen, das Land der Schäfer, das Land, das immer noch in der Vergangenheit verharrt, trotz all dieser Geschichten war sie das klassische Mädchen, das das Leben von der leichten Seite nimmt, ich meine, sie war schön und gewitzt. Zumindest unter der Woche, wenn sie in der Stadt war und niemand sie kontrollierte und sie ausgehen und sehen konnte, wen sie wollte. Ich bin nie mit ihr im Dorf gewesen, kann also nichts weiter sagen, aber ich begriff, dass dort alles anders war, dass dort alles wieder schwierig wurde, auch wenn ich Ihnen nicht so recht erklären kann warum.

Sie haben recht, sagte Crissanti, Sie haben recht, im Dorf ist alles schwieriger, im Dorf werden wir alle anders.

Aber er hatte keine Lust mehr, darüber zu sprechen, weil er fürchtete, das könnte sehr rasch zum Austausch von Gemeinplätzen führen, zu den unvermeidlichen Sätzen, die ihn verfolgten, so lange er denken konnte, zu neuerlichem Gerede über Rebellion und Mut, über die berühmten Banditen der Vergangenheit und Gegenwart und so weiter.

Er fürchtete, sie könnten auf ihn zu sprechen kommen, auf seinen Entschluss, Carabiniere zu werden, auf die Ermordung seines Vaters und auf all die Dinge, die ihn verfolgten, ihm auf die Nerven gingen, seit jeher, überall.

Reden wir über dieses unglückliche Mädchen, sagte er und deutete auf Martas Körper.

Schön, wenden wir uns wieder der Arbeit zu – der Mann richtete sich auf, strich sich mit der Innenseite des Arms ein kleines Büschel weißer Haare aus der Stirn – Wie groß ist ihr Mörder?

Crissanti sah ihn sofort wieder vor sich, Efisietto in Handschellen neben ihm, gut zehn Zentimeter größer als der Signor Maresciallo in der verstummten Bar, das elektrische Licht, die Trunkenbolde, stumm mit offenem Mund.

Sehr groß, erwiderte er, Etwa einen Meter achtzig, fettleibig, muskulöse Arme und Schultern. Ungefähr neunzig Kilo, würde ich sagen. Warum fragen Sie danach?

Das ist merkwürdig, sagte der Arzt und holte aus der rechten Tasche seiner alten Jeans ein Päckchen rote Marlboro, das ist wirklich merkwürdig. Haben Sie etwas dagegen, dass ich rauche, auch wenn es nicht erlaubt ist? – erneut ein schiefes, verschmitztes Lächeln – Das ist merkwürdig, denn dieses arme Mädchen ist verblutet, keiner der Schläge, die sie auf den Kopf bekommen hat, ist stark genug gewesen, um sie sofort zu töten. Dabei hat es sich zumindest in einem Fall um einen spitzen Gegenstand gehandelt, etwa die Kante eines Möbels.

Der Nachttisch, sagte Crissanti. Er war voll geronnenen Bluts.

Sehen Sie, eben darum ist es ja merkwürdig. Wenn ich mir vorstelle, dass unser Ehemann, ein Meter achtzig und neunzig Kilo, mit dieser Kleinen streitet, betrunken und vielleicht wütend, und ihren Kopf gegen den Nachttisch schlägt, ohne sie zu töten, und dann hält er sie weiter am Hals gepackt und schlägt ihren Kopf gegen die Wand, gegen den Fußboden, und trotzdem gelingt es ihm nicht, ihren Schädel zu zerschmettern?

Das ist merkwürdig, wiederholte Crissanti, das ist tatsächlich merkwürdig, und er bat den Arzt mit einer stummen Geste um eine Zigarette. Der gab ihm eine, drückte seine aus, die noch nicht zu Ende geraucht war, und zündete sich eine neue an. Auf seinem Gesicht erneut dieses Lächeln, als sei er auf den Arm genommen worden.

Sind Sie wirklich sicher, dass Sie Carabiniere sind?

Der Maresciallo nickte, aber eher mechanisch, denn er war mit seinen Gedanken inzwischen ganz woanders.

11

Zio Salvatore fühlte sich im Nutzgarten seines Vaters wohler als zu Hause. Vor allem dafür dankte er dem Leben: dass die Brüder ihm den Garten ohne Theater und Streit überlassen hatten, als er aus Hamburg zurückgekehrt war, ein Stück Land, das nicht viel wert war, gewiss, und das, um die Wahrheit zu sagen, nicht einmal dazu taugte, bestellt zu werden, nur leidlich fruchtbar, voller Steine, die weggeräumt werden mussten, voller Höhenunterschiede, die überwunden werden mussten, und der Fluss weit weg, aber der Friede, der dort herrschte, den der Alte dort wenigstens fand, wenn er breitbeinig unter dem größten Feigenbaum saß, der Friede, den er jahrelang in fernen Ländern gesucht hatte und der nie gekommen war, nicht einmal zum Schluss, als er endlich die Sprache verstanden und eine anständige Frau und eine anständige Arbeit gefunden hatte, der Friede für Augen und Gedanken, dieses Gefühl, genau an dem Ort zu sein, für den er geboren worden war, diesen Frieden fand er nur unter dem größten Feigenbaum, wenn er die Sonne durch die Zweige die Blätter sickern sah und den Wind witterte wie Cenerina, die darin noch besser war als er.

Und das war die andere Gnade, die der Himmel ihm gewährte, diese beigefarbene kleine Mischlingshündin, eher hässlich als schön, halb kahl, von der Sonne erblondet, aber spitzbübisch und treu, sie erkannte ihn sofort von der weißen

Straße her, dort unten, wurde nie müde, ihn freudig zu begrüßen, Cenerina, schwanzwedelnd, wenn er morgens kam, und während der Mann rauchte, lag sie auf ihren Pfoten. Zio Salvatore hatte einen Unterschlupf aus Steinen gebaut, hatte ihn mit einem Feldkocher ausgestattet, und es gab Tage, an denen er nicht einmal zum Mittagessen nach Hause ging, sich die Pasta im Garten machte, schweigend zwischen Birnen und Artischocken spazieren ging, allein mit dem Hund mit dem Wind mit der Sonne, dort hinten das Tal, das zu Lebzeiten des Vaters des Großvaters bewaldet gewesen war, Salvatore war niemand, der den alten Zeiten nachtrauerte, denn er wusste, dass es nicht besser gewesen war, damals, als es bettelarme Schäfer gegeben hatte, denn er hatte rechtzeitig gelernt, als kleiner Junge, den Karren vom Dorf zum Schafstall zu bringen, das Reisig zu bündeln und die Scheiße des Ochsen zu sammeln, um damit das Feuer anzuzünden, er war kein Mann, der der Vergangenheit nachtrauerte, Zio Salvatore su maccu, aber zuzusehen, wie die Menschen das Tal verließen, ging ihm doch ans Herz, und an die Kinder zu denken, die keine Saubohnen aßen und nichts vom guten Geruch des Mosts und des Labs wussten, und an diesem Morgen bedrückender Gedanken waren sie ihm alle wieder in den Sinn gekommen, die schönen Dinge seines früheren Lebens, getrübt durch die Sorgen der Nacht, Efisietto in Handschellen, Marta ermordet, und während er dasaß und das Brötchen zu Ende aß, spürte er, dass sein Kopf nicht ruhig bleiben wollte, er rauchte eine Toscano und hielt sich die Schläfen, dachte über Gerechtigkeit und Ungerechtigkeit nach und trank den Rotwein eines entfernten Vetters, die Telefonanrufe fielen ihm wieder ein, dieser unverschämte

Mann, der ihn aus dem Schlaf riss, das Treffen in der Stadt, die unverhüllten Drohungen, das, was sein Leben im Alter ohne diesen krummen Feigenbaum wäre, und dann dachte er erneut an Efisio Marras, der im Gefängnis schmorte, an sein Geheimnis, das ihn da herausholen konnte, an den Maresciallo aus Barbagia und an seinen freundlichen Blick. Ich rufe ihn an, sagte er sich plötzlich, Eine andere Möglichkeit bleibt mir nicht, ich rufe ihn an und erzähle ihm alles, und als er diesen Gedanken formuliert hatte, fühlte er sich sofort besser, leichter und frei, denn er begriff, dass er wirklich keine andere Möglichkeit hatte, dass er vor seinen Gewissensbissen, vor der Wahrheit nicht davonlaufen konnte, vor allem jetzt nicht, denn wenn er die Wahrheit sagte, gab er damit einem unschuldigen Mann die Freiheit wieder, unschuldig zumindest hinsichtlich der Anklage: dass er der Mörder seiner Frau sei, dass er Marta Deiana getötet habe.

Ich werde ihm die Freiheit zurückgeben, sagte er sich, Auch wenn er die Freiheit gar nicht will, dieser dumme Kerl, dieser unvernünftige Kerl Efisio Marras, immer das Gleiche mit ihm, es hat ihm nichts genutzt zu emigrieren, von hier wegzugehen, nichts. Dumm war er damals und dumm ist er jetzt, sagte er sich, Schnell mit den Händen, aber nichts im Kopf.

Er steckte die Toscano, die er hatte ausgehen lassen, in die Tasche zurück und zündete sich eine Zigarette an, der Alte, obwohl der Husten ihn zu quälen begann, und hier auf der Erde zu sitzen, die von den Regenfällen der letzten Tage feucht war, im eisigen Mistral, der nur durch die dichten Zweige des Feigenbaums gebremst wurde, tat ihm gewiss auch nicht gut.

Aber nicht wegen des Windes ging es ihm schlecht, auch nicht wegen der Nässe oder der Kälte.

Weit ist es mit mir gekommen, da beschuldige ich doch glatt diesen Burschen, verdamme ihn und nenne ihn einen Dummkopf, und ich? Ich bin ein Schwein und der Abscheulichste von allen, ich bin ein alter Mann und soll vernünftiger als alle anderen sein? Ich rege mich über Efisio auf, um nicht in mich gehen zu müssen und mir ins Gesicht zu sagen, wie tief ich gesunken bin, das ist doch die Wahrheit.

Das ist die Wahrheit, du abscheulicher alter Mann, du alter Feigling, aber jetzt ist Schluss, Ende, Schluss damit, die anderen zu beschuldigen, um mich zu rechtfertigen, Schluss damit, mich um die Entscheidung herumzudrücken, Schluss.

Er strich über sein weißliches Bärtchen, hüstelte und spuckte von Zeit zu Zeit auf den Boden, als könnte er mit der Spucke auch die Anspannung, mit dem Katarrh auch die Verstimmtheit loswerden, und tastete nach der kleinen Hündin, berührte ihren Kopf und nahm ihre Wärme wie eine Medizin in sich auf, ihr Winseln klang wie die Stimme einer Freundin, und jener andere bedrückende Gedanke gab ihm erneut einen Stich in die Brust, die Forderungen, die Anrufe, der Mann, den er vor ein paar Tagen in der Stadt getroffen hatte, auch deswegen wurde es Zeit, eine Lösung zu finden, sich von der Last zu befreien, und der Gedanke, mit einer einzigen Entscheidung doppelt Frieden zu finden, erleichterte ihn ein wenig.

Ich rufe jetzt den Maresciallo an und mache reinen Tisch, der Wille des Himmels geschehe. Ich sage ihm, was ich an jenem Abend zum Zeitpunkt des Mordes gesehen habe, und erzähle ihm auch den ganzen Rest, Gott der Herr vergebe mir und helfe mir.

Und er erhob sich, bekreuzigte sich, stieg in seinen alten Citroën und ließ den Motor an, und während er neue Flüche knurrte, gegen seinen Kopf, gegen seinen verschrumpelten Schwanz eines alten Mannes, knurrte und fluchte, steuerte er auf das Dorf zu, auf die erste Telefonzelle, um Crissanti anzurufen.

12

Der Richter rief an, um mitzuteilen, dass er die Zeugenaussagen erhalten habe und dass sie in Ordnung seien, der Gefreite Meloni lächelte befriedigt, Crissanti berichtete von seinem Gespräch mit dem Arzt, von der Verblüffung des Doktors über Efisios Statur, der Richter sagte, er solle sich darüber keine Gedanken machen, für Zweifel sei jetzt nicht der richtige Augenblick, der Maresciallo versuchte auf Giovannis Geschichte zu sprechen zu kommen, auf den gekreuzigten Hund und auf die Mülldeponie, der Staatsanwalt unterbrach ihn sofort, knurrte etwas in dem Sinne: Das lassen wir für heute, vielleicht ein andermal, der Maresciallo ließ es sein, knurrte seinerseits stumm, sie sprachen noch über die ausstehenden Untersuchungen, die Hautrückstände unter Martas Nägeln, die mit den Proben, die von Efisio genommen worden waren, verglichen werden mussten, verabschiedeten sich und legten auf.

Eine Aussage fehlt noch, sagte daraufhin der Gefreite Meloni zu ihm.

Welche?, fragte der Maresciallo, und während er fragte, fand er schon selbst die Antwort. Zio Salvatore!, sagte er, der Gefreite nickte bestätigend, Vielleicht schläft er ja noch, versuchte er ihn zu entschuldigen, Vielleicht, wiederholte Crissanti und sah erneut Zio Salvatores verwirrte Augen, seine zitternden Hände vor sich, Ob er ein Geheimnis verbirgt?, fragte sich der Offizier ein weiteres Mal, aber ihm war nicht danach, ihn zu holen, Aufsehen zu erregen im Dorf, Warten wir noch, sagte er sich.

Wenn der Alte kommt, soll Lerici mich holen, ich vertrete mir ein bisschen die Beine, ihr findet mich bei Giovanni.

Er machte sich auf den Weg, fest in den Mantel gemummelt, den Kragen hochgeschlagen, es regnete nicht, aber der Wind war eisig, die Straße roch nach Erde.

13

Zio Salvatore hielt nicht bei der ersten Telefonzelle, um den Maresciallo anzurufen. Kippen wir erst einen, sagte er sich, Ein Glas, um mir Mut zu machen, und er fuhr schweigend zu Zia Ninas Kneipe und parkte und stieg aus und nahm an einem Rommétisch Platz und spielte eine Partie und gewann sie und dann eine weitere und gewann sie und dann eine dritte und gewann auch diese, dann machte er seinen Stuhl frei und stellte sich an den Tresen. Einen kleinen Weißen, verlangte er. Zia Nina schenkte ihm ein Glas ein.

Im Lokal wurde über Marta gesprochen, die Bauern hatten ihre Gewächshäuser verlassen und tranken ein Glas, bevor sie zum Mittagessen zu ihren Frauen heimkehrten, oder sie hatten schon gegessen und tranken, um sie zu vergessen, die Frauen, und die dreißigjährigen Burschen, die tageweise als Maurer oder Müllmänner arbeiteten, auch sie tranken, und die Verkäufer von Zement und Sanitäranlagen, die die Taschen voller Geld und fette Bäuche hatten und deren Adern von den Toxinen vom Wein verstopft waren, und die Vertreter für Saatgut aus den Nachbardörfern, die einen Kaffee hinunterstürzten, und der alte Bürgermeister, der keinen bequemen Posten mehr abbekommen hatte, mit dem Spitznamen eines Raubvogels, an den Zio Salvatore sich nicht erinnerte, dem Gesicht eines ausgehungerten Raubtiers, nicht mehr fähig, Beute zu machen, aber hungrig wie immer, es waren viele Leute bei Zia Nina, und alle sprachen über Marta und über ihre Liebhaber und über den Mord.

Vom Erstbesten, der ihr über den Weg gelaufen sei, habe sie sich stoßen lassen, wenn du nur einen Steifen hattest, durftest du schon in ihr Bett, vor ein paar Jahren habe sie sogar den Fliesenleger aus Monserrato flachgelegt, unter dem Vorwand, sie wolle eine neue Küche, und dann dieser junge Bursche, der Priester geworden sei, um sie besser bumsen zu können, und als sie noch jünger gewesen war, sprechen wir besser nicht davon, zwei Hefte könne man mit den Namen füllen, sogar ein paar Freundinnen seien durch ihr Bett gegangen, in Cagliari vielleicht, ein paar Kolleginnen vielleicht, mit Überlegung ausgesuchte Personen, die keinen Anstoß nehmen, Huren wie sie.

Bande frustrierter Neidhammel, dachte Salvatore und blickte sich mit seinen weißen, vom Alkohol verschleierten Augen im Lokal um, Das ist aus uns geworden, traurige gierige frustrierte Männer, die dick gewordene oder geradezu fette Frauen unterdrücken, Landleute, Bauern mit Gewächshäusern, die von Europa und von Unserer Lieben Mama der Region bezahlt werden, Bauern, Quertreiber mit Jeep und zwei Bankkonten, niemals ein Wort der Liebe weder gesagt noch gedacht, alle habt ihr eine Nacht lang von ihr geträumt, und nicht nur eine, von dieser Frau diesem jung gebliebenen Frauenzimmer, ihr habt onaniert im Badezimmer und gelacht über Efisiettos Abgestumpftheit, der sie nicht zu halten gewusst hat, habt euch ihren Knackarsch vorgestellt und das Bidet mit dickflüssigem Sperma und beißender Eifersucht besudelt und leise ihren Namen gemurmelt, und jetzt ist sie tot, und das ist besser so, denkt ihr, denn wenn wir sie schon nicht mehr nehmen können, kann sie uns jetzt wenigstens auch kein anderer nehmen, und schlecht über sie zu reden in dieser Bar, die unser Zuhause und unser Wohnzimmer ist, ist unser Trost und unsere Rache, und ihr übertrefft euch gegenseitig darin, sie ein läufiges Weibsbild, eine rettungslos verdorbene schamlose Hure zu nennen.

Das waren Zio Salvatores Gedanken, angetrunken wie er war, und er fragte sich, ob alle Efisietto für schuldig hielten und ob jemand Beweise für die Unschuld des Mannes habe, ob jemand ihn in dieser verdammten Nacht aus diesem verdammten Haus habe kommen sehen und ob jemand auch ihn, Salvatore su maccu, gesehen haben könnte, wie er hineingegangen sei und Efisios Platz eingenommen habe.

Er hörte sich das Gerede an und stellte sich diese Fragen, und Zweifel und Furcht nagten an ihm, und er bekam unangenehme Kopfschmerzen, die immer schlimmer wurden, und der Weißwein machte es auch nicht besser, es war ein stechender Kopfschmerz, und er verfluchte sich und fluchte und litt und spürte sein Herz, das ihm böse Streiche spielte, aussetzte und unregelmäßig schlug, und sein Kopf wurde immer schwerer, alles war nur noch eine große Beklemmung ein großer Schmerz, und draußen hatte es wieder zu regnen begonnen.

Verdammt, sagte er sich, Ich muss zum Maresciallo gehen, bevor ich tatsächlich verrückt werde.

Doch stattdessen blieb er in der Bar sitzen und spielte und trank und verfluchte sich, ein Glas nach dem anderen, bis zur Dunkelheit des Abends, bis in die tiefe Nacht, die anderen Kummer, andere Qualen brachte, und nun hatte er wirklich das Gefühl, es nicht mehr zu schaffen, und er ging hinaus, um tief durchzuatmen, und schwor sich noch einmal, dass er am nächsten Morgen zum Maresciallo gehen würde, aber erst einmal stieg er ins Auto und fuhr zu seinem Garten, denn er hoffte, dass die feuchte Luft seinen Kopf wieder klar machen würde, er wollte Cenerina die Ohren kraulen und die Dunkelheit genießen unter dem großen Feigenbaum, seinem wahren Freund, Der einzige ehrliche Ort in dieser Gegend, sagte er sich, als er aufs Land kam, Das einzige Wesen, das meinem Herzen Frieden schenkt, und er konnte es wirklich kaum erwarten, seine kleine Hündin zu rufen und zu sehen, wie sie ihn voller Freude begrüßte, und fast wäre sein Herz stehen geblieben bei dem Anblick, der sich ihm bot, als er aus dem Wagen stieg.

14

Der Wind traf den Maresciallo ins Gesicht und tat ihm in den Augen weh, der Carabiniere zog die Mütze tief ins Gesicht, damit sie ihn wie ein Schild schützte, er ging an den alten Olivenbäumen hinter dem Rathaus vorbei, er hatte Lust bekommen, mit dem jungen Mann zu sprechen, aber nicht in der Bar, wo alle sie forschend anblicken würden, er wollte seine Gedanken mit denen Giovannis austauschen, aber vor einem Kamin, mit einem Drink in der Hand in der Stille des Wohnzimmers. Er war zu Fuß gegangen, um die Kälte des Nachmittags zu spüren, um die Häuser, die zugezogenen Vorhänge zu beobachten, sich die Worte des Arztes, seine Zweifel bezüglich Efisio zu wiederholen, und er war gerade dabei, sie sich innerlich zu wiederholen, als er den Uno langsam herankommen sah, Meloni am Steuer drehte das Fenster herunter, Ich muss Ihnen etwas sagen, sagte er sofort zu ihm, Crissanti stieg ein, bat den Gefreiten, einen Umweg über die Gärten zu machen, ihn nicht sofort zu Giovanni zu bringen, Ich muss Ihnen etwas sagen, wiederholte der Mann, Crissanti tat so, als sei er bereit zuzuhören, Efisio ist es nicht gewesen, er ist es nicht gewesen.

Und woher weißt du das?

Ich bin sicher, Maresciallo.

Und wieso bist du sicher?

Ich bin sicher, weil man es mir gesagt hat.

Die Heizung war voll aufgedreht im Wagen, Crissanti kurbelte das Fenster herunter und ließ erneut den Wind über sein Gesicht streichen, forderte Meloni auf anzuhalten und auszusteigen, einander gegenüberstehend blickten sie sich einen Augenblick an, der Maresciallo größer schlanker, Meloni blickte überaus ernst drein.

Er ist gesehen worden, genau zum Zeitpunkt des Mordes, er kann nicht bei der Ermordeten gewesen sein, das ist so sicher, als hätte ich ihn selbst gesehen.

Wer hat dir das gesagt?, fragte der Vorgesetzte ihn leise, in freundschaftlichem Ton oder etwas in der Art, der Gefreite verdrehte die Augen.

Als hätte ich ihn selbst gesehen, Maresciallo, mehr kann ich Ihnen nicht sagen, wirklich nicht.

Und wenn ich dich dazu zwingen würde? – er sagte es so dahin, es war wie ein ernst gemeinter Spaß über ihn gekommen, ein Spiel, um zu sehen, was dabei herauskäme, sein Kollege trat einen halben Schritt zurück, noch immer ernst, tiefernst, Ich kann es wirklich nicht, flüsterte er, der Maresciallo erinnerte sich an ein Buch, Bargello, sagte er sich, der Chef der Schergen, hier stehe ich, und der da glaubt tatsächlich, ich könnte ihn melden, ich würde ihn zwingen zu sprechen, das Gesetz und seine Launen, denn er trägt die Uniform gezwungenermaßen, um seine Brötchen zu verdienen, aber ich bin der Chef, der böse Bargello, das Gesetz, die absolute Irrationalität des Gesetzes, fortwährend geschaffen von dem, der befiehlt, dem Maresciallo oder dem Polizisten, dem Richter dem Polizeipräsidenten, eben dem, der die Macht und das Recht hat, es anzuwenden, *Barruggieddu* – fuhr er in Gedanken fort – Der böse Hund, der

Vertrauen erweckt und dann zubeißt, Verräter der Freunde, Hund des Gesetzes der Inquisition – er blickte Meloni an, der auf seine Schuhe blickte, legte ihm eine Hand auf die Schulter gab ihm zwei Klapse, Schon gut, sagte er, Wenn du mir sagst, dass Efisio es nicht gewesen ist, dann ist er es auch nicht gewesen, aber sag mir eines: Hat ein Spitzel es dir gesagt? – denn das nehme ich dir nicht übel, wollte er damit sagen, denn in einem solchen Fall ist es in Ordnung, dass du mir vorläufig nicht sagst, wer es ist, aber der Gefreite zuckte die Achseln, schüttelte den Kopf, Ein Verwandter oder eine Geliebte, sagte sich Crissanti, aber er konnte sich Meloni absolut nicht mit einer Frau vorstellen, die nicht seine Frau war, ihn sich als Kavalier vorstellen, der einer Frau den Hof macht, Vielleicht eine Hure, aber warum redet er nicht?, er dachte erneut an das irrationale Gesetz, an die Angst, die es einflößte, Zio Salvatore fiel ihm ein, Auch er weiß Bescheid und redet nicht, er stellte den Gefreiten zur Rede, Gibt es jemand anderen, der es weiß? Und warum redet Efisietto nicht? Was hat er gemacht wo ist er gewesen?

Ich weiß nichts, Maresciallo, wirklich nicht, nur dass man Marras genau zu diesem Zeitpunkt gesehen hat, dass er es nicht gewesen sein kann.

Und du wirst alles versuchen, dass derjenige, der ihn gesehen hat, mir alles erzählt?

Ich schwöre es bei Gott, ich werde alles versuchen, denn ich weiß, dass man vor Ihnen keine Angst zu haben braucht, dass man mit Ihnen reden kann, In Ordnung, sagte der Offizier, aber Zio Salvatore lassen wir suchen, was meinst du?

Ich meine, er wird kommen, wenn er sich danach fühlt,

wenn er etwas weiß. Er ist ein vernünftiger Mensch, er macht keine Dummheiten, er verheimlicht bestimmt nichts.

Hoffen wir es, sagte Crissanti und bedeutete Meloni, wieder in den Wagen zu steigen, um ihn zu den Olivenbäumen des Parks zu fahren, der andere gehorchte, Befrage weiter die Leute, sagte er noch zu ihm, Lauf herum, sprich mit allen, Freunden Nachbarn Verwandten, lade den Friseur vor und sprich allein mit ihm, mit dem Gemeindearzt mit dem Fleischer, fahr fort, Fragen zu stellen, denn so wie sie Efisietto gesehen haben, haben sie möglicherweise auch andere gesehen, besinnen wir uns wieder auf die guten alten Methoden des guten alten Berufs, finde heraus, wer ins Haus gegangen ist, ruf mich sofort an, wenn du etwas weißt, Gewiss, antwortete der andere und hielt an, denn er war bereits bei Giovanni, Kein Spaziergang, sagte sich der Maresciallo, stieg aus, verabschiedete sich von dem Gefreiten, der Wind hatte sich gelegt, die Sonne wärmte ein wenig.

15

Was für ein Typ ist dieser Richter?

Groß, kahl an den Schläfen, schöne Schultern und durchaus gebildet, er muss in einer dieser guten klassischen Universitäten studiert haben, ich glaube, er hat einen Onkel, der Untersekretär ist, und Ländereien in Ogliastra.

Wie heißt er?

Lorrai.

Ach.

Kennst du ihn?

Ich kenne seine Tochter.

Der junge Mann lächelte, er trug einen dünnen schwarzen Wollpullover mit rundem Ausschnitt, eine Samthose, von der chronischen Schlaflosigkeit hatte er eine gelborange Gesichtsfarbe, er rauchte braune Zigarillos und hatte dem Maresciallo einen Portwein eingeschenkt, und einen für sich, den er in kleinen Schlucken trank.

Er ist ein tüchtiger Mann. Ich glaube, er ist nicht einmal allzu dumm oder überheblich. Für einen Richter, meine ich.

Er ist nicht dumm. Er ist nur ein Richter, und er kommt aus der Stadt und besitzt Ländereien in der Sonne, und dieser Fall ist ihm vollkommen gleichgültig, und wenn du ihm keinen entscheidenden Beweis liefern kannst, dann wird er den Verdächtigen sicher nicht auf freien Fuß setzen, ganz gewiss nicht wegen der Zweifel des Gerichtsarztes.

Du glaubst nicht, dass es Efisietto gewesen ist?

Ich glaube nicht – er erwähnte mit keinem Wort Meloni und den geheimnisvollen Zeugen, sah den jungen Mann an und dankte ihm dafür, dass er sein Freund war, auch Giovanni sah ihn an, er wirkte nervös, schien etwas sagen zu wollen, sie schwiegen, tranken Portwein und rauchten.

Hör mal, Martino, ich würde gern etwas wissen. Wie ist dein Vater gestorben, wer hat ihn getötet?

Du hast mich geduzt, sprichst du mit dem Freund?

Ja.

Es freut mich, dass du mich ab und zu als Freund behandelst.

Aber ich kann dir nichts von meinem Vater erzählen.

Crissanti schwieg, starrte ins Feuer, er wirkte angespannt oder verlegen oder traurig oder alles zusammen.

Mein Vater war ein stolzer Mann – er blickte erneut in die Flammen, beobachtete nur einen Augenblick das Gesicht des jungen Mannes, der seinen Portwein trank und nichts sagte, weder lächelte noch das Gesicht verzog, endlich einmal uneingeschränkt aufmerksam – Mein Vater war stolz und anständig und altmodisch und er hatte nicht begriffen, wollte nicht begreifen.

Dass die Dinge sich ändern, dass die Dörfer sich ändern, alle, auch die, die verloren in den Bergen liegen, alle Dörfer verändern sich und alle Kinder verändern sich, sie haben die gleichen Gesichter von Zwanzigjährigen, wie die Generation vor ihnen, aber sie sind eine andere Spezies, eine andere Rasse geworden.

Crissanti machte eine Pause, starrte den jungen Mann an, er lächelte leicht, Siehst du?, sagte er, Ich vergeude eine Menge Worte und erkläre nichts, man begreift nichts. Alle versuchen unsere Welt zu erklären, ich weiß, sie versuchen es in den Zeitungen, in den Büchern und in den Filmen, die Professoren und die Bürgermeister und die Priester versuchen es, und niemandem gelingt es, und ich bin nur ein Carabiniere und habe noch immer nichts begriffen von meinem Vater und von meinen Onkeln und Tanten und von der Ehre und von der Pflicht, nichts, dachte er, während er schwieg, dann fuhr er fort, Die Pistolen, vielleicht sind sie schuld.

Die Pistolen, die die kleinen Jungen benutzten, die Pistolen, die wegen eines blöden Einfalls herausgeholt wurden, um eine alte Frau in ihrer Wohnung zu berauben, vielleicht ist das schuld, vielleicht auch die Tatsache, dass ein geliebter aufrechter alter Mann es nicht akzeptieren kann, eine Niete geworden zu sein, nur weil er keine Lust hat, auf dumme Minderjährige, die auf die Straßenschilder schießen und nichts im Kopf haben, mit Händen Fäusten Pistolen loszugehen.

Oder es ist auch das nicht, und ich betreibe drittklassige Anthropologie. Siehst du, nicht einmal einem Freund kann ich es erklären.

Der Maresciallo sagte nichts mehr, setzte erneut das distanzierte Lächeln eines dreißigjährigen Mannes mit tausend Erinnerungen auf, sie leerten die Tässchen, füllten sie wieder, das Feuer brannte hoch, der junge Mann stand auf und ging zur Stereoanlage, ein sehr hartes Englisch begann zu singen, Ich bin in der Wüste geboren, bin jahrelang gekrochen, Jesus, komm näher, ich glaube, meine Stunde hat geschlagen, ich habe verbrannte Erde und Unwetter, die Hölle und ein Meer von Unglück durchquert, um dir meine Liebe zu bringen, ich bin auf Berge geklettert und habe das Meer überquert, aus dem Paradies vertrieben, auf Knien habe ich einen Pakt mit dem Teufel geschlossen, ich habe Gott im Himmel verflucht, das Paradies verlassen, um dir meine Liebe zu bringen, um dir meine Liebe zu bringen.

Was weißt du über Marta Deiana?

Der junge Mann antwortete nicht sofort, setzte sich wieder, streckte die Hände zu den Flammen aus. Dass sie gern mit Männern geschlafen hat, sagte er, Weniger als behauptet wird und mehr als man hier ertragen kann, dass sie noch immer so schön war wie vor zwanzig Jahren, vielleicht noch schöner, dass sie ein Marsmensch in einem Land von Toten war.

Ich langweile dich, Maresciallo, ich sage dir immer wieder die gleichen Dinge, aber vielleicht kann ich dir schon in Kürze etwas Wichtiges sagen, wenn du noch ein wenig Kraft hast, meinem Geknurre zuzuhören.

Du langweilst mich nicht, sagte Crissanti, der junge Mann fuhr fort.

Weißt du, was Nuraiò ist? Ein Dorf, in dem man wie in den Fünfzigerjahren denkt, aber man isst und konsumiert dreimal so viel wie damals, ein Dorf von ultramodernen Konsumenten, die im Kopf rückständig geblieben sind.

Weißt du, wie viele erklärte Homosexuelle es hier gibt? Nicht einen. Und wie viele Fälle von Pädophilie in den letzten fünfhundert Jahren gemeldet wurden? Nicht einer. Und Scheidungen, seit es die Scheidung gibt? Sieben, und zehn Trennungen in zehn Jahren, ich habe die Statistik. In einem Dorf mit siebentausend Einwohnern, findest du das normal? Sind das realistische Zahlen für dich? Sie sind nicht realistisch, Maresciallo, aber wir tun alle so, als wären sie es, damit Ruhe und Frieden herrscht und Don Mulas zufrieden ist.

Du suchst jetzt nach der Wahrheit, aber du musst dir sagen, ich schere mich einen Dreck um die Wahrheit, mit der Wahrheit verhält es sich wie mit meinem Vater: unerklärlich unnütz, die Wahrheit ist, dass Marta eine Hure war, dass sie einen knackigen Arsch hatte, mit dem sie wunderbar wackeln konnte, und dass sie tot ist, scheiß auf sie und scheiß auf Efisietto, der sich in all diesen Jahren Hörner hat aufsetzen lassen, das musst du dir sagen.

Sie schwiegen erneut, dachten an ihre Dörfer, an den Hass an die Liebe, die sie empfanden, und Crissanti dachte an Efisietto und Salvatore, an die Hautrückstände unter Martas Fingernägeln, die vielleicht etwas erklären, vielleicht entscheiden würden, ob es der Ehemann gewesen war und der Zeuge sich irrte und der Fall damit geklärt wäre oder ob man weitersuchen müsste, er dachte an Meloni, der im Haus und auf der Straße ermittelte, an den Richter, der nachmittags vielleicht zum Tennispielen gehen würde, der an jenem Mittag vielleicht, lächelnd elegant, im Corsaro gespeist hatte, der junge Mann dachte an etwas Wichtiges, das er Crissanti zu sagen hatte und nicht wusste wie er es sagen sollte, er sah erneut den Freund an und begann wieder zu sprechen.

Ein wunderschönes ausländisches Mädchen hat mir einmal gesagt, ohne diese Spur von Selbstironie, die mich retten würde, wäre ich der langweiligste Mensch auf der Welt. Tja, manchmal, Martino, habe ich das Gefühl, dass wir beide, ich und du, die Ironie verlieren, über uns selbst und über unsere Dörfer und über diese tote Insel, manchmal denke ich, dass ich und du, wenn wir nicht vorher krepieren, die langweiligsten Vierzigjährigen der Welt sein werden – er holte Atem, zündete sich eine Zigarette an, bot dem Freund eine an, betrachtete ihn, machte einen Zug, Es ist nicht Efisietto gewesen, sagte er.

O Gott, dachte der Maresciallo, Er auch, er fragte, sagte nichts, hoffte, dass der Freund weitersprechen würde.

Mehr kann ich dir nicht sagen, aber er ist es nicht gewesen.

Warst du ebenfalls dort?

Wo?

Zusammen mit diesem Dummkopf Efisio und was weiß ich noch wem, Zio Salvatore vielleicht?

Von Salvatore weiß ich nichts, und ich war hier und habe gelesen. Aber Efisio ist es nicht gewesen.

Crissanti war nicht wütend und hatte auch keine Lust, wütend zu werden, mehr zu erfahren, einen Augenblick dachte er daran, dem jungen Mann zu drohen, wie er es mit dem Gefreiten gemacht hatte, aber das kam ihm lächerlich vor, nach einer halben Stunde solcher Gespräche, eigentlich mehr unter Brüdern, Bereiteten sie einen Raub vor?, fragte er sich, Was für ein Motiv kann man bei einem Mord haben, im Gefängnis zu bleiben, wenn man ein sicheres Alibi hat?, dann hörte der Maresciallo, dass es an der Tür klingelte, er stand auf, um nachzusehen, es war der Gefreite Lerici, der ihm ein Zeichen machte herauszukommen, Es ist für mich, sagte er zu dem jungen Mann, Es muss Neuigkeiten geben, und er dachte, dass es sich wahrscheinlich um Zio Salvatore handelte, dass er sich entschlossen hatte zu reden, dass in Kürze auch er, der Bargello, den man im Unklaren gelassen hatte, Bescheid wissen würde, er verabschiedete sich von dem jungen Mann, versuchte, den Gekränkten zu spielen, Giovanni wechselte die CD, er schien nicht einmal zuzuhören, Maresciallo, rief er Crissanti zu, der hinausging, Heute Abend werde ich die Person treffen, die mir das von Efisio gesagt hat. Ich schwör dir, ich werde versuchen, ihn zu überzeugen, dich aufzusuchen und dir alles zu erzählen, Gut, flüsterte der Offizier und schloss die Tür, Gut.

16

Es ist nicht wegen Zio Salvatore, Maresciallo.

Was ist es dann?

Der Gefreite Meloni schien sich noch immer entschuldigen zu wollen, aber auch etwas Wichtiges, Wertvolles zu sagen zu haben, die Befriedigung über eine gut gemachte Arbeit, Eine Neuigkeit, sagte er und machte eine Bewegung, mit der er andeuten wollte, dass sie drüben, im Büro des Vorgesetzten, wartete.

Zwei wichtige Dinge. Eine Dame hat sich gemeldet, die jemanden ins Haus hat gehen sehen, ein paar Stunden, bevor der Mord begangen wurde.

Wer hat wen hineingehen sehen? Und warum ist sie nicht früher gekommen?

Weil die Person, die sie gesehen hat, es nicht gewesen sein kann, so drückt die Dame sich aus. Und weil sie nicht sicher war, ob es wichtig sei. Und weil sie mit ihr verwandt ist. Das hat sie mir nicht gesagt, das sage ich Ihnen.

Wer ist es?

Der junge Priester aus Nuraiò, kennen Sie ihn?

Der Maresciallo kannte ihn, vom Sehen auf der Straße, von jemandem auf ihn aufmerksam gemacht, eine Bemerkung im Reigen des Geredes, Gerüchte über ihn und Marta, die der Carabiniere sofort wieder vergessen hatte.

Hast du schon den Richter benachrichtigt?

Das fehlte gerade noch, Maresciallo. Diese Dame hat es mir gesagt, weil ich als Freund zu ihr gegangen bin. Wenn ich ihr sage, dass die Sache so wichtig ist, bekommt sie einen Herzinfarkt. Vorläufig nichts zum Richter, wenn es möglich ist.

Na gut, nichts zum Richter. Und er dachte, wenn der Staatsanwalt herausbekäme, dass sie zwei Zeugen verheimlichten, dann würde er nach Agnano zurückkehren und Meloni vielleicht nach Hause oder nach Ordilè zu den üblen Banditen. Wenn er anruft, sagte er zum Gefreiten, bin ich privat unterwegs. Und die andere Nachricht?

Der Gerichtsarzt hat angerufen.

Crissanti spürte einen leichten Schauer, ja, das konnte wichtig sein, wirklich wichtig. Die Hautrückstände unter Martas Nägeln?, fragte er.

Also, was das betrifft, so sagt er, dass es eine Woche dauern wird, bis man weiß, von wem sie sind, um mit Sicherheit zu wissen, dass sie von Efisio sind. Aber sie haben etwas anderes gefunden. Im Körper, na ja, ich weiß nicht, wie man sagt, im Leichnam der Unglücklichen fanden sich andere Spuren, so hat er sich ausgedrückt. Spuren von Sperma. Sie hat ganz offensichtlich mit jemandem geschlafen.

Offensichtlich, wiederholte Crissanti, öffnete die Tür zu seinem Büro, ging hinein und begrüßte die Frau, die stehend auf ihn wartete. Setzen Sie sich, setzen Sie sich, er bemühte sich erneut um einen freundschaftlichen Ton.

17

An diesem Nachmittag besuchte den Maresciallo im Halbschlaf erneut seine nächtliche Hexe, und wie im Schlaf am Abend zuvor brachte sie Bilder und Stimmen, Zweifel und Fragen über Martas Tod, Bruchstücke der Kindheit und ferne Klänge, wenn nicht Efisietto, wer dann?, für wen die Ketten und der dunkle Kerker?, und der junge Mann sein Freund und das Gespräch über den Vater, die zerbrochenen Stücke des fernen Dorfes, Crissantis Hexe sitzt spindeldürr grinsend auf seinem Bett, zwinkert ihm zu, mischt die Karten, beginnt zu tanzen, Zweifel und Fragen und Erinnerung und Ärger, die Bilder jener Zeit, fast durchlebte er sie erneut, Martino!, schreit die Mutter Crissanti als kleinen Jungen an, Geh vom Feuer weg, du verbrennst dich!, aber er, nein, ein verzauberter Junge vor den Flammen, am Ostersonntag laufen alle aufgeregt hin und her, Fleischpastetchen sind zuzubereiten, Fleisch ist zu braten, er steht vor den Flammen, die langsam niedriger zu Asche Glut werden, Martine', geh da weg!, aber nein, der Zauber der Stämme, der starke Geruch, der Duft von Altem von Asche und Flammen, Das Feuer hat keinen Geruch, sagt man ihm in der Schule, aber das stimmt nicht, das festlich hergerichtete Wohnzimmer, das Fenster geöffnet auf den Corso, die Onkel und Tanten gekommen, um etwas zu trinken, sich vor dem Mittagessen ein schönes Fest zu wünschen, Onkel Luciano kommt dieses Jahr nicht, sagt die Mutter leise zu ihm, Erwähne ihn nicht, stell keine Fragen, Martino, du bist ein Meister darin, dich mit deinen Fragen zu blamieren, also kein Wort!, warum war Onkel Luciano nicht gekommen?, und eigentlich war er ja auch nur ein entfernter Onkel, wo war Luciano Pruneddu hingegangen, sein Foto war in der Zeitung erschienen, Martino Crissanti hatte es in der Schule gesehen, ein Freund hatte es ihm mit ernstem Gesicht gezeigt, Zum Teufel, dein Onkel, Marti', sein Foto ist in der Zeitung! Schon ein Mordskerl, dein Onkel, Kleiner, hatte Costante aus der fünften Klasse zu ihm gesagt und seine Schulter berührt.

Das ganze heilige Osteressen hindurch hatte er an Onkel Luciano gedacht, von Zeit zu Zeit einen verstohlenen Blick auf die Frau des Abwesenden geworfen, Tante Teresa, spindeldürr, hölzerne eiserne Frau schwarz von den Schuhen bis zur Jacke, Tante Teresa finster außen und innen, Frohe Ostern, mein Martino, hatte sie nach dem Essen zu ihm gesagt, als sie sich verabschiedete, um nach Hause zu gehen, beinahe hätte sie zu weinen angefangen, die Tante, beinahe, denn weinen einfach so in der Familie, nicht einmal wenn die Welt unterging, das wusste sogar er, noch minderjährig, aber wo zum Teufel war Onkel Luciano nur hinverschwunden?

Und in der Sexta an Weihnachten, Martinos Vater war mit wütendem Gesicht nach Hause gekommen, hatte die Tür aufgerissen, als hätte er ihr einen Fußtritt versetzt, Annamaria!, hatte er schon vom Wohnzimmer aus geschrien, Annamaria, komm her, ein schönes Weihnachten haben sie uns da beschert, ein Faustschlag auf den Tisch, dass die Welt gezittert hatte, die dünnen Haare Martinos, der das Holz aufs

Feuer schichtete, ganz durcheinandergeraten waren, der Zauber des Fests gebrochen zerstört, Was ist los?, hatte er den Papa gefragt, Dass jetzt die Carabinieri zu uns kommen, du wirst sehen, Weihnachten wird dieses Jahr zur Fastenzeit werden, eine Leidensgeschichte wird es sein.

Denn Onkel Luciano hatte eine halbe Maschinenpistolensalve auf eine Schulter bekommen in jener Nacht, mitten im Wald auf dem Berg, denn jemand hatte einen kleinen Jungen vom Kontinent aus einem Hotel in Orosei entführt, der Onkel war bis zum Hals darin verstrickt, im Krankenhaus hatten sie ihn bewacht, als wäre er der Teufel auf Erden. Geh in dein Zimmer, Marti', hatte die Mutter ihn angebrüllt, Bleib brav in deinem Zimmer bis zum Essen.

Die Piraten seiner Bücher auf dem Nachttisch und die Platini-Poster und die Comiczeitschriften, Martino Crissanti wartete, bis er hinausdurfte, durch die Straßen laufen konnte, um genau zu erfahren, was geschehen war, und die Gesichter der Alten auf dem überfüllten Platz zu sehen, die Bar Nuraghe und das alte geschlossene Kino, bestimmt haben sie eine Absperrung errichtet, die dummen Soldaten in ihrer Tarnkleidung, sie werden an der Tür der drei oder vier üblichen Verdächtigen geklopft haben, ein kleiner Junge vom Kontinent, ein stinkreicher Franzose, Industriellensohn, gut ausgewählt diesmal, wer weiß, ob wirklich der Onkel ihn entführt hat.

18

Machen wir es so, Meloni: Du fährst sofort los und holst diesen Burschen, den Priester, bring ihn mir her, auch wenn du ihn beim Rosenkranz bei der Beichte bei der Messe, was immer er auch gerade tut, unterbrechen musst, verstanden?

Meloni schüttelte sofort den Kopf, er traute sich nicht, Crissanti zu unterbrechen, wartete, bis er fertig war, Der Junge ist nicht da, sagte er dann – Er ist heute Morgen ins Heilige Land aufgebrochen, eine Reise, die der Bischof ihm geschenkt hat. Er wird erst in zwei Wochen wiederkommen.

Verdammter Mist, schrie der Maresciallo, Was für eine Scheißermittlung, dachte er, Hexen, die einen nicht schlafen lassen, und Geliebte von Gefreiten und Phantompriester.

Ich versuche ihn trotzdem aufzuspüren. Ich habe einen Vetter, der in der Kurie arbeitet, ich ruf ihn gleich an und versuche mir das Programm der Gruppe, die Telefonnummern der Hotels geben zu lassen. Wenn ich Alberto finde, sage ich ihm, dass er so schnell wie möglich zurückkommen soll.

Crissanti nickte, versuchte sich zu beruhigen: Stell ihm sofort ein paar Fragen, hör dir an, was er dir erzählt, er soll möglichst nicht mitbekommen, dass wir ihn verdächtigen.

Ich denke sowieso, dass er von allein zurückkommt. Sobald sie ihm erzählen, was passiert ist, flieht er entweder nach Australien oder er kehrt sofort hierher zurück.

Umso besser für ihn, sagte Crissanti, Versuch jedenfalls, ihn so schnell wie möglich zu finden.

Und was machen wir mit dem Richter?

Ich weiß nicht. Warten wir zwei, drei Tage, dann sehen wir. Wenn der Junge sich nicht finden lässt, wenn es uns nicht gelingt, mit ihm zu sprechen, dann müssen wir dem Richter alles sagen und die Zeugenaussagen den Akten hinzufügen, da führt kein Weg dran vorbei. Und warten wir die Analysen des Gerichtsarztes ab, auch die sind wichtig. Und in der Zwischenzeit versuchen wir, diese Dame zum Sprechen zu bringen, die Efisio gesehen hat, während Marta starb.

Meloni hatte nie gesagt, dass es sich um eine Frau handelte, Crissanti lauerte auf seine Reaktion, der Gefreite sagte nichts. Eine Hure, sagte sich der Maresciallo erneut, Vielleicht waren sie zu dritt, oder zu viert, wenn der Junge dabei war, dann dachte er wieder an Zio Salvatore, und das Bild kam ihm unwahrscheinlich vor, Meloni hielt die Mütze in der Hand, presste faltete sie strich sie glatt, Hören Sie, sagte er und blickte den Maresciallo an, Ich glaube nicht, dass Alberto es gewesen sein kann.

Ich weiß nicht, ob meine Meinung Sie interessiert, die sich nur auf das stützt, was ich von dem Jungen weiß, aber er ist wirklich ein anständiger Junge, ein guter Mensch.

Ein bisschen nervös, manchmal, aber so sind ja viele.

Und außerdem war Marta Deiana keine Geliebte für ihn.

Nein?

Sehen Sie, ich meine ja nur, Dinge, die ich weiß.

Rede, rede, sagte Crissanti mit einer Kopfbewegung, Heraus damit.

Es ist so, dass diese Frau, soviel ich weiß, nicht einfach nur eine Geliebte für den Jungen war.

Er liebte sie, wie man, ich weiß nicht, eine Heilige liebt, ein ... ein Idol.

Ich verstehe. Aber finde ihn trotzdem. Und hör nicht auf, Fragen zu stellen, Meloni, hör nicht auf, alle zu befragen. Vielleicht ist ja auch ein anderer in diese Wohnung eingedrungen. Vielleicht gibt es ja noch viele, die Dinge gesehen haben, die sie nicht für wichtig hielten.

Gut.

Und geh deiner Geliebten auf den Sack, damit sie sich entschließt herzukommen und mit mir zu reden – er versuchte es erneut, aber diesmal schien der Gefreite aus allen Wolken zu fallen. Geliebte?, fragte er sofort, der Maresciallo machte einen Rückzieher, Nichts, nichts, nur so eine Idee, die mir gekommen war, Meloni sah aus wie einer, der nicht begreift, er zuckte die Achseln, Ich geh jetzt ins Bett, fügte Crissanti hinzu, Heute Nacht habe ich nämlich überhaupt nicht geschlafen.

Schlafen Sie gut, Maresciallo, und zerbrechen Sie sich nicht allzu sehr den Kopf, wir werden ihn schon finden, diesen Bastard.

Hoffen wir es, sagte Crissanti, Hoffen wir es, und er griff nach dem Hörer, um Roberta anzurufen.

19

Manchmal erscheint, wenn es regnet und kalt ist, am brennenden Kamin mit einem Glas Myrtenlikör, Crissantis Vergangenheit vor ihm, wie Bilder und Klänge eines alten Films, und Gerüche Geräusche Stimmen aus der Zeit, als er ganz klein war, die Erinnerung – mehr als eine Erinnerung –, das Echo dieses Rhythmus aus Steinen, die Geschichte des lebenslänglichen Zuchthäuslers und seiner Fluchten, tausendmal erzählt als Märchen auf den Parkbänken, der Ausbruch, das Wiederauftauchen in den Schafställen, auf dem Land und in den Bars der Nachbardörfer, in den verlassenen Tanks zwischen Myrte und Oleander, die Jahrhunderte vermischen sich und die Geschichten und die Personen, die Soldaten des piemontesischen Königs, Finanzpräsidenten und berittene Carabinieri, Schrot und Maschinenpistolen, in Büchern aufgeschriebene Geschichten, in den Gassen entstandene Legenden, am Ende war Onkel Luciano zu Fall gekommen, nach der letzten Flucht, verkauft vielleicht, war Onkel Luciano in Handschellen in die Stadt gebracht worden als triumphale Kriegsbeute, schön in den blauen Augen, absurder skandinavischer Einschlag, der sich weiß der Teufel wie dort oben in die Berge hinaufverirrt hatte, die Gemeinplätze, die schmelzen wie in der Sonne von Orosei, der Kleinwuchs und die Dunkelhäutigkeit der Inselbewohner, und da ist er, Onkel Luciano breit wie ein Schrank, anmutig auch, Beine aus Stahl, knotige Hände, Onkel Pruneddu, kaum älter als dreißig, glattes schwarzes Haar in der Stirn, da ist er, der Kleine mit seinen ein Meter achtzig, sein Blick standhafter als der eines Löwen, scharfe Augen des Falken, der die Beute anvisiert, leise Erzählungen in den granitenen Gassen, die Feuchtigkeit der von Künstlern aus den Anden bemalten Mauern – das Wirtshaus das Rathaus der Schrot in den Schildern –, die Anwältin hat sich in ihn verliebt, in die Wärme seiner Samthaut, dreimal hat er sie gestoßen am Mittag jenes Tages, an dem er das Gefängnis verlassen konnte, wegen der Geschichte mit den Fälligkeitsfristen, denn wenn sie ihn wirklich nach San Sebastiano bringen, kommt er nach zwei Tagen wieder heraus, weil er dort mehr Freunde hat als im Dorf, sie brennen nach Korsika durch, er lässt sich ein neues Gesicht machen, jetzt schnappt sie niemand mehr, Martinos Vater wird immer dunkler im Gesicht und in der Stimme an dem Abend, an dem der Junge ihn heftig mit der Mutter hat streiten hören, über Geld und Gefängnis, über Verstecke und Banken, er hat nicht alles verstanden, aber er kann phantasieren, vermischt vergleicht verdreht, die Geschichten die Erzählungen die Beweisführungen, die Bravourstücke der Dorfbewohner, die Helden der gelesenen Bücher, die Eroberungen der anderen Banditen, die Algerier, die Carloforte zerstörten, und die Engländer, die Cagliari belagerten, ein paar Jahre zuvor hatte Onkel Luciano frei und fröhlich Martino auf die Knie genommen und ihm Klagelieder leichter als der Wind vorgesungen, Strophen von unmöglicher Liebe und Plagerei der Armen, Ninne', hatte er lachend gesagt, Wenn du nicht anfängst zu essen, dann wird nichts aus dir, mit diesen mageren Schultern wirkst du wie ein kleines Mädchen, er hatte ihm die Haare zerzaust, hatte ihn eingeladen, manchmal mit ihm auszureiten, denn er lehrte ihn Dinge, wenn er Lust hatte zu lernen, Onkel Luciano, den keiner je hatte rauchen und etwas anderes hatte trinken sehen als Wein und Myrtenlikör und *fileferru*, den sardischen Schnaps, nie betrunken nie außer sich, nie schreiend, laut als kleiner Junge, als er das Jagdmesser auf den Barmann an der Hauptstraße gerichtet hatte, Entweder gibst du mir richtig heraus oder ich schlitz dich jetzt sofort auf, und er war eigentlich noch ein Kind, und die zu Eis erstarrten Freunde, die ihn erschrocken anstarrten, O Luciano, denn der andere hat den Krieg mitgemacht! Ich scheiß auf seinen Krieg, ob er etwa glaube, dass er nicht rechnen könne, dass er eine alte Memme sei und die Democrazia Cristiana wähle.

Onkel Luciano war zu einem Bild für alle geworden, das Foto in den Zeitungen, sein böses Lächeln im Fernsehen, das Interview mit dem römischen Journalisten, Ich habe nie jemandem wehgetan, nie hat ein Mensch durch meine Hand oder die meiner Freunde körperlich gelitten, nie – derjenige, der ihn anstarrt, fragt sich, ob er Witze macht, ob er lügt, um sich zu verteidigen, er sieht Überzeugung Sicherheit klaren Verstand, Und die Gefangenschaft, lässt er nicht locker, Ist das kein Leiden? Auch der Hunger, auch das Tragen von Schafen in den Wäldern für ein paar Lire, auch die Justiz, die uns schon vorher zu Schuldigen erklärt, auch die Durchsuchungen im Haus meiner Mutter, die nichts damit zu tun hat, auch der Berg, den sie umzäunen wollen, um ihren Park daraus zu machen, auch der Talk eingeatmet im Bergwerk in Orani, auch das sind Leiden, Leiden aller, des Volkes, das keine Stimme keine Macht hat, haben Sie jemals darüber nachgedacht? Und unsere Burschen, die für ein paar Lire die Toiletten an der Costa Smeralda putzen, und unsere Strände eingezäunt von den Feriendörfern, und die Leute von Sarroch getötet vom Erdöl der Mailänder, geht für all das etwa jemand ins Gefängnis? Denn wenn sie bezahlen, lassen wir sie nach zwei Tagen wieder frei, gesund wie zuvor, sie machen einen Ausflug ins Gebirge, das ist alles, denn all dieses Geschrei macht ihr Zeitungsleute doch nur, um Seiten zu füllen, das Land der Banditen, wo denn! Hier leben anständige Menschen, denkt nur an die Akademiker, an die Bücher, die in den Bibliotheken ausgeliehen werden, über andere Dinge werden wir sprechen müssen, ein Theater, baut uns eins, ein Schwimmbad, eine gute Schule, damit wir es in die Stadt schaffen. Sie fühlen sich also als Robin Hood? Wenn Sie mich auf den Arm nehmen wollen, dann bekommen Sie jetzt sofort meine Faust zu spüren, das schwöre ich Ihnen bei meinem Vater.

20

Er ging die Treppen hinunter, die von seinen Zimmern in die Kaserne führten, verfluchte das Wetter und die Kopfschmerzen, seinen schlechten Schlaf.

Der Gefreite kam ihm entgegen und fragte ihn, wie es ihm gehe, ob es ihm gelungen sei, sich auszuruhen, die Augen zu schließen, Kaum, antwortete Crissanti, Kaum, er hätte ihm gern von seiner Hexe den Albträumen erzählt, aber er ließ es sein, bemerkte, dass Meloni ernst bedrückt wirkte, seinen Arbeitsblick, Was gibt es?, fragte er ihn, der andere schüttelte den Kopf, Alberto Sannìo, sagte er, Der junge Priester.

Sprich weiter, bedeutete der Maresciallo ihm mit einem Zeichen, Erzähl mir alles, er öffnete sich ein Bier, bot auch Meloni eins an, der lehnte ab.

Ich habe mit meinem Vetter in der Kurie gesprochen, es gibt Neuigkeiten. Er will mit Ihnen darüber sprechen, so bald wie möglich.

Ich rufe ihn gleich an, sagte der Maresciallo, ließ sich die Nummer geben und griff nach dem Hörer, bemerkte, dass Meloni noch etwas zu sagen hatte, Nur Mut, ermutigte er ihn mit dem Blick.

Ich wollte etwas klarstellen, Maresciallo, hinsichtlich dessen, was Sie vorhin zu mir gesagt haben, wegen Efisio Marras und der Zeugin.

Crissanti sagte nichts.

Sie glauben, eine Geliebte von mir habe Efisio in jener Nacht gesehen und sie wolle nicht darüber sprechen?

Der Vorgesetzte schnaubte und ließ sich in den Sessel fallen, Aber nein, das war nur so eine Idee – und er machte eine Bewegung, als wollte er sie verscheuchen, diese Idee, fast als wollte er sich für eine Dummheit entschuldigen – Es ist meine Schwester, Maresciallo, die, die mit dem Marmorsteinmetz verheiratet ist – und weiter sagte er nichts, ein bedrückendes Schweigen trat ein, das Crissanti sofort brechen zu müssen glaubte – Und wovor hat sie Angst? – fragte er, Meloni begann erneut den Hut zu quälen.

Sie hat keine Angst, sie schämt sich. Aber das erkläre ich Ihnen morgen in Ruhe, jetzt fehlt mir der Mut, Ihnen die Geschichte zu erzählen.

Vielleicht sogar noch vor morgen, sobald ich sie überzeuge herzukommen, um alles zu Protokoll zu geben.

Denn glauben Sie nicht, dass es sie nicht quält, wenn sie weiß, dass ein Christenmensch unschuldig im Gefängnis sitzt.

Gut – sagte der Maresciallo und bewegte den Kopf, wieder wollte er zum Hörer greifen, aber Meloni begann erneut – Haben Sie mit dem Gefreiten Lerici darüber gesprochen?

Bist du verrückt?

Nein, denn wissen Sie, dieser Junge ist seltsam: Er schnappt eine Geschichte auf, dass wir etwas wissen und dem Richter nichts gesagt haben, er hört es, und vielleicht sagt er es ihm.

Er ist ein wenig seltsam, dieser Junge, ein wenig steif.

Er ist ein Carabiniere, dachte Crissanti, während er die Nummer wählte, aber er sagte es nicht.

21

Bischöfliche Kurie, wer spricht? Crissanti? Ja, Doktor Lorìa erwartet Ihren Anruf, ja, ich verbinde Sie sofort mit ihm, bis bald, Dottore.

Maresciallo, schön, Sie zu hören, ich freue mich, dass Sie sofort anrufen, aufgrund des Wenigen, das mein Vetter mir erzählt hat, glaube ich, dass es wichtig ist ... ja, es geht um Alberto, der arme Junge ... ich hatte noch niemanden aus der Gruppe erreichen können, Sie wissen ja, wie solche organisierten Reisen sind, immer unterwegs von einem Ort zum andern, man kommt überhaupt nicht zum Durchatmen, geschweige denn zum Telefonieren ... ja, ich komme zum Punkt, entschuldigen Sie, ich schweife immer ab, mein Vater ist Sizilianer, ein geschwätziges Volk ... also, wie ich sagte, vorhin habe ich endlich Don Cabras im Hotel erreicht, er ist ein alter Pfarrer im Ruhestand, ein guter, bedächtiger Mann, er leitet die Gruppe, wenn man so sagen will, kurz und gut, das Problem ist Folgendes: Alberto ist nicht mehr bei ihnen, er hat sie heute Morgen außer sich vor Wut verlassen ... ja, ich erzähle es Ihnen, aber ich muss eine Vorbemerkung machen, die nicht unwichtig ist ... Tatsache ist, dass diese Reise für den Jungen nicht gut angefangen hat, dass er sich, wie man mir erzählt hat, von Anfang an sonderbar aufgeführt hat, ich meine schlimmer als sonst, er ist ja schon von Natur aus ziemlich launisch und man weiß nie so recht, wie man ihn nehmen soll, ein loses Mundwerk und nervös, kennen Sie ihn? Nein? Also, mit seinem Charakter, ganz ehrlich, wenn die Zeiten nicht so wären, wie sie sind, mit seinem Charakter, mit seinem Temperament wird er nie ein Priester werden, wenn Sie verstehen, was ich meine ... aber heute lehnt man ja niemanden ab, wissen Sie, es steht schlecht um den Priesternachwuchs, wenn die Schwarzen und die Filipinos nicht wären ... ja, gewiss, ich muss mich schon wieder entschuldigen ... ich sagte, Albertino war schlimmer als sonst, die halbe Zeit hat er kein Wort gesagt und schien immer gleich weinen zu wollen, schmollend und mit den Gedanken wer weiß wo ... aber dann hatten es alle plötzlich ganz eilig herauszufinden, wo diese Gedanken waren, können Sie mir das erklären?, denn geheim kann man seine Geschichte mit der Frau Gott hab sie selig ja nun wirklich nicht nennen, zumindest nicht unter uns, in einer so kleinen Welt wie dieser, und so ruhig und friedlich, kurz und gut, Gerüchte, Getuschel ... apropos, Gott segne die Seele dieser Frau, so gut er kann, denn um es rundheraus zu sagen, sie hat diesem armen Jungen zu ihren Lebzeiten ganz schön geschadet, und auch uns, die wir ihn gern haben ... schon gut, ich komme auf den Punkt, gewiss ... also, ich sagte, dass er zu Beginn der Reise immer nervös und gereizt war, wegen allem und jedem schien er Streit anfangen zu wollen, und die anderen versuchten darüber hinwegzusehen und ihn zu beruhigen, aber umsonst, immer gab er patzige Antworten und spielte den Wütenden, mit anderen Worten, er übertrieb gewaltig, und daher versuchte Pater Cabras mit ihm zu sprechen, Erleichtere dein Herz, sagte er zu ihm, Wir sind hier unter Freunden, mein lieber Junge, aber er erwiderte nur schroff, er solle sich um seine eigenen Angelegenheiten kümmern und ihm nicht auf den Wecker gehen, seine eigenen Worte, Maresciallo, und der berühmte Tropfen, der das Fass zum Überlaufen bringt, kam dann mit der Nachricht vom Mord an der Frau, denn jemand hatte telefonisch davon erfahren, bevor ich die Jungs, sagen wir, sensibilisieren konnte, und ein junger Priester aus Iglesias kam auf die glorreiche Idee, schnurstracks zu Alberto zu laufen und es ihm zu erzählen, und der fuhr ihn an und beschimpfte ihn, weil er ihm nicht glaubte und dachte, sie würden ihn foppen, und als er dann begriffen hatte, dass es doch stimmte, als er sich überzeugt hatte, da war er plötzlich wie leer und fing stumm zu weinen an, Maresciallo, und sie haben ihn Sätze ohne Sinn, schlimme Sätze über Unseren Herrn und sein heiliges Gericht sagen hören, er sagte, dass es keine Kleinigkeit sei, dass es für ihn zu viel sei, dass er nicht die Kraft habe, einem Ungerechten zu dienen, entschuldigen Sie den Gedanken, aber so ist es gewesen, und schließlich hat dieser junge Mann sein Kollege zu ihm gesagt, er solle sich beruhigen, das seien nicht die Worte eines Priesters, schließlich sei es doch bloß ein Unglück, und dann machte er den größten Fehler, indem er hinzufügte, dass es für ihn, Alberto, abgesehen vom Schmerz über einen ungerechten Tod, letztlich doch besser sei, dass diese Frau nicht mehr sei, denn eine Heilige hätte man sie ja nicht gerade nennen können, und da, Maresciallo, ist es mit ihm durchgegangen, es hätte nicht viel gefehlt, und er hätte ihn mit Fußtritten und Faustschlägen umgebracht, zu viert hatten sie ihn festhalten müssen, er hat gebrüllt wie nie zuvor und alle beschimpft, sogar diesen rechtschaffenen heiligen Mann Don Cabras, kurz und gut, binnen zwei Minuten hat er seinen Koffer gepackt und ist wie eine Furie fortgestürmt.

Nein, Maresciallo, niemand weiß, wo er hin ist, Geld hatte er bestimmt nicht viel, vielleicht hat er sich das Ticket umbuchen lassen und ist nach Hause zurückgeflogen, das weiß allein der Böse, ja, natürlich, Dottore, wenn ich etwas Neues erfahre, werde ich es Ihnen sofort mitteilen, das ist doch selbstverständlich.

Ihr Diener, Maresciallo, ich hoffe, unter besseren Umständen, ich empfehle mich.

22

Es ist sicher nicht einfach, an diesem Ort aufzuwachsen, dachte Crissanti, Es mag den Anschein haben, dass alles wunderbar ist, es gibt keine Mafia, keine Entführungen, es gibt die Armut nicht mehr, die diesen Menschen immer zugesetzt hat, und trotzdem ist es sicher nicht einfach.

Er kam aus der Dusche und hatte alles bereit, um sich zu rasieren, er freute sich auf einen Abend mit Roberta, er hatte große Lust, sie zu sehen, sich mit ihr in fröhlichen und sinnlosen Gesprächen zu verlieren, Nuraiò zu vergessen, für ein paar Stunden zumindest, aber da war Priester Alberto, der ihm nicht aus dem Kopf ging, der Gedanke, dass, wenn Efisio Marras tatsächlich unschuldig war, der junge Geistliche allein das Gewicht der Indizien zu tragen hätte, für den Augenblick hatte der Staatsanwalt noch nichts entschieden, aber es war verständlich, dass er es vorzog, an der ersten Hypothese festzuhalten, Mord durch den betrogenen Ehemann, aber immerhin hatte er befohlen, ihn zu suchen, und zwar ernsthaft, mit Fernsprüchen an alle Polizeipräsidenten und Mitteilungen an die Polizeiwachen der Flughäfen, Diesmal kriegen wir ihn, dachte Crissanti zu seiner Überraschung, Da ist er wieder, der Polizeischerge in mir, und er nahm seinen Gedankengang wieder auf und stellte sich vor, er selbst sei gezwungen gewesen, hier, in diesem Dorf, aufzuwachsen, das verschlafen tot war wie seins, Sohn von Schäfern, wie er es gewesen war, verloren in einem Dorf verloren auf einer Insel verloren im Meer, und so fort, bis man spürt, dass man nicht existiert, dass man nichts kann, dass man nichts ist, ein Achtzehnjähriger, der nichts gesehen hat und auf den nichts anderes wartet als die Bar und die Arbeit, fürs Wohlbefinden eine Ehefrau, auch er hatte diese Last dieses Erstickungsgefühl empfunden, bis er alle überzeugt hatte, ihn gehen zu lassen, zum Studium und für die Karriere, und das war nicht leicht gewesen, aber er hatte es geschafft, doch Alberto? Im Grunde wusste er nichts über ihn, abgesehen von ein paar Verdachtsmomenten und vielen Gerüchten, hatte er wirklich seine Geliebte ermordet? Warum nicht, sagte sich Crissanti, Einer hat es getan, und er dachte, wenn sie den Jungen finden würden, dann hätten sie einen weiteren Verdächtigen, von dem sie Proben nehmen könnten, und er lächelte über die Wissenschaft, die zu guter Letzt alles lösen würde, eine Ohrfeige für zwei Jahrhunderte Literatur der Ermittlungen und des Glaubens in die erleuchtende Logik und die Überlegenheit des vernünftigen Denkens. Letzten Endes sind die Labortechniken die wahren Detektive, sagte er sich, aber im Grunde stimmte das nicht, und er wusste es, da waren die Mülldeponie und seine Hexe, die ihn daran erinnerten, die abwehrende Haltung des Richters, der nichts davon hören wollte. Die Vorsicht und die Willkür des Gesetzes, betete Crissanti sich vor und hoffte, dass noch weitere späte Zeugen und vielleicht sich schämende Verwandte auftauchen würden, und er fragte sich, welche der beiden Ermittlungen er gern erfolgreich abschließen würde, wenn er die Wahl hätte, ob er lieber den Kreuziger des Hundes oder die Umweltverschmutzer oder den Mörder von Marta

Deiana verhaften würde, und erschrocken musste er feststellen, dass er nicht sofort eine Antwort fand, und noch während er nach dem Rasiermesser griff, stach ihn die Neugier auf Melonis Schwester und auf den Abend des Mordes, auf den Grund, aus dem Efisio nicht gesprochen hatte, um auf freien Fuß zu kommen, was zum Teufel mochte da geschehen sein, das so dunkel und beschämend war, und schließlich sagte er sich, dass es jetzt reiche, dass er offiziell bereits außer Dienst und seiner Probleme sei, dass er jetzt sofort aufhören würde, sich zu quälen, um sich der Kleidung und dem Parfum zu widmen, dass Roberta ihn erwartete und dass es nichts Besseres gab, dass er sich amüsieren und ablenken würde, denn für diesen Abend hatten Nuraiò und die Uniform ihn genug gequält.

Und es kamen vier Gendarmen
mit Federbüschen, mit Federbüschen
Und es kamen vier Gendarmen
mit Federbüschen und mit Waffen

Fabrizio De André

1

Zwei Uhr. Marta setzt sich aufs Sofa, macht den Fernseher an, stellt sofort den Ton ab, auf dem Tisch liegt ein Buch, aber sie hat nicht wirklich Lust zu lesen, sie nimmt die immer gleiche Platte, schaltet die Stereoanlage ein, ein Klavier-, ein Violinkonzert, Jazz oder etwas in der Art, die Mansarde ist warm und Marta ist müde, ihre Augen schmerzen, der Schlaf lockt, sie hat Gedanken, die ihr nicht aus dem Kopf gehen, ein Winternachmittag, draußen hängt der Himmel bis auf den Boden, schwere Tropfen, wie Steine, auf dem Sofa liegend streckt sie die Beine aus, streicht ihren Rock glatt, starrt auf ihre dünnen Strümpfe und die Zehenspitzen, steht auf, macht den Fernseher aus, blickt auf die Straße, überlässt sich ihren Gedanken.

Was stimmt eigentlich nicht? – fragt sie sich, die Stirn an der Fensterscheibe, mit der Hand berührt sie eine ihrer Brüste unter der Wolle – Du bist schön, du bist vierzig, es geht dir gut, du bist schöner als viele Kolleginnen, schöner als jede Frau deines Alters in diesem Dorf, du bist begehrenswert und wirst begehrt, du hast eine Arbeit und hast deinen Mann zum Teufel schicken können, als klar war, dass dir nichts anderes übrig blieb.

Was genau stimmt nicht? Du hast CDs, Bücher, Parfums und Lippenstifte, einen Wagen mit Autoradio und ein Gehalt, du kannst deine Versetzung beantragen, wenn du willst, vielleicht bewilligen sie sie dir.

Sie beginnt sich zu erinnern, nennt sich eine dumme Pute, denn mit solchen Gedanken tut sie sich nur weh, sie überlegt, eine andere Musik aufzulegen, einen kubanischen Tanz, schnelle sonnige Klänge.

Du hast schon immer viele Liebhaber gehabt, seit du aufs Gymnasium gingst und dumm und fröhlich warst und glücklich lächeltest, immer schon haben sie dich eine Hure genannt, eine für immer gebrandmarkte Frau, und sie haben deinem sterbenden Vater diesen Brief geschrieben, um ihn noch trauriger sterben zu lassen, sie haben aufgeschrieben, was du warst, was du für sie warst, eine Hure, und du wusstest, dass es so weitergehen würde, für immer vielleicht, wenn du bleiben würdest, wenn du die Ohrfeigen deiner Mutter für diesen Brief, für gewisse Sätze, für gewisse Äußerungen hinnehmen würdest, und du hast den Mut gehabt, in die Stadt zu gehen, und du hast Arbeit gefunden, und es ist nicht leicht gewesen, es ist nicht schön gewesen wegzugehen, während dein Vater im Sterben lag, der Mensch, der dich am meisten liebte, und das ist nicht nur so dahingesagt, vielleicht hat dieser Schmerz etwas in dir zerbrochen, an jenem Nachmittag in dem dunklen Haus, denn das geringste Licht, das geringste Geräusch tat ihm weh, als er dir sagte, du sollst zurückkehren, deine Mutter nicht allein lassen, und du hast es ihm nicht versprechen können und hast das Gefühl gehabt zu sterben, vielleicht war das der Anfang von allem Übel.

Sie spricht zu sich selbst, Marta Deiana, draußen stürmt und regnet und blitzt und donnert es, das eingenickte Dorf belauert die Wolken, wägt die Vor- und Nachteile dieses Wassers ab, in den Häusern kochen Männer und Frauen Kaffee, denken an die Schnecken, die sie morgen suchen werden, in ihren Häusern verbrennen alle das Holz in den Kaminen, verbrennen den Nachmittag auf den Sofas in den Betten, am Telefon die sechzehnjährigen Verliebten, nur die Verrückten wandern von Bar zu Bar, betrachten den Himmel, schreien ihn an, bitten um Vergebung für die Übel aller, schwören Gott, dass sie ihn, wenn die Gelegenheit sich bietet, für diesen Regen und für das Leben, das sie führen, büßen lassen werden.

Er regnet und donnert und blitzt, und in Nuraiò stirbt man vor Langeweile.

Mit achtzehn hatte sie sich mit den Verrückten zusammengetan, ondulierte Haare, die Friede Liebe Revolution! schreien, und harte Gesichter von Menschen, die Bescheid wissen und keine Angst haben und niemals aufgeben, in der Unterprima war sie ihnen eines Tages, abends, an der Bushaltestelle begegnet, sie hatten ihr etwas zu rauchen angeboten, hatten sie zu einer Versammlung eingeladen, und sie war mit ihnen gegangen.

Reden und nochmals Reden und Bomben- und Morddrohungen, Tod den Feinden der Insel des Meeres der Sonne, Abende, an denen sie nicht aufhörten zu brüllen, über Drohungen abzustimmen, die möglichst schnell verschickt werden sollten, Marta sitzt da und hört zu und langweilt sich und denkt an den Schönsten von ihnen, der einen von zehn Abenden kommt, der niemanden ansieht und fast nichts sagt, und wenn er spricht, hören ihm alle zu, der Junge aus der Stadt mit einem Ohrring an der Lippe und Negerhaar, der Trompete spielt und schief über die Wut der anderen lächelt, der immer wieder sagt, man solle ruhig bleiben, gründlich nachdenken, der Marta von Zeit zu Zeit zulächelt und sie eines Abend gefragt hat, ob sie Filme mag, sie in Cagliari auf eine Pizza eingeladen hat, als entführte Siebzehnjährige ist sie ihm gefolgt, ohne zu antworten, schon verloren hinter seinem fliehenden Blick.

Hure hatten sie sie in ihrem Dorf genannt, und eine Besessene und Feuerkopf und was ihnen noch so einfiel. Kurzes Haar, wache Augen, fester Blick, der sich nicht abwendet, aufrichtiges Lächeln, dann war sie in Cagliari, die Arbeit in den Bars, in den verrauchten Schankwirtschaften, wo sie Bier und Drinks ausschenkte, die Einladungen zum Abendessen, das Zwicken, dem man schnell ausweichen musste, den Gästen zulächeln, darauf achten, dass das Lächeln nicht zu Anzüglichkeiten einlädt.

Da waren die Liebhaber aus Cagliari gewesen, und die Erinnerung an sie fällt ihr jetzt schwer und sie tut weh sehr weh, denn vielleicht waren das die schönsten Geschichten, der Junge mit den Negerlocken und den traurigen Augen und Büchern über Büchern in seinem Zimmer, Wut, weil er fliehen will, ohne einen Ort zu haben, wohin er gehen kann, ein Junge vor allem, mager und verwirrt, Zärtlichkeiten und Küsse am Meer, Klatsch, während sie einkaufen, Prüfungen, auf die sie sich gemeinsam vorbereiten, kleine Fluchten nach Chia und Carloforte, wird er der Mann sein, mit dem sie erwachsen würde?, er war es nicht, wer weiß warum.

Und die Abschlussprüfung, ein paar Vertretungen, die erste Klasse in Nuraiò, die neuen Liebschaften im Dorf, die erste Mansarde ganz für sich allein, so ganz anders als die jetzige, Liebe und Nachmittage auf dem Land, wo sie dem Strömen des Flusses zuschauen, im Gebirge, wo sie den Spuren der Damhirsche folgen, am Strand von Giorgino nachts, wo sie schweigend fischen, die ersten Jahre in Nuraiò, neue Namen, neuer Klatsch: Rosenmund, erneut Hure, *conca macca*, Verrückte, und andere.

Marta Deiana schläft, den Kopf auf dem Sofa, der Rock wird zerknittern, die Stereoanlage spielt immer noch, im Traum mischt sich alles, das Klavier die Erinnerungen, in Kürze wird sie den Jungen sehen, ihre größte Liebe, sie denkt nicht daran, die Frau, sie denkt an nichts, verloren im Schlaf hört sie die Tropfen, die fallen, dort auf der Straße, es ist fast drei.

2

Sie hatten gebratenen Aal genommen und Calamari fritti, eine ganze Platte voll, jetzt waren sie satt und glücklich und die junge Frau ein bisschen beschwipst vom Wein und dem weißen Licht der Kerzen.

Der Maresciallo hatte das Mobiltelefon ausgeschaltet gelassen, und es war ihm gelungen, nicht an Marta zu denken und auch nicht an die Hexen und an das weiße Gefängnis, er hatte sich auf die langen Gräten dieser Schlangenfische und auf das weiße Fleisch der Tintenfische konzentriert und, vor allem, auf die schwarzen Augen seiner Geliebten, auf ihren Blick eines verführerischen Mädchens, auf ihre Beine einer Tänzerin, auf ihren Pagenschnitt und auf alles Übrige, sie hatten sich über einen befreundeten Regisseur und über die bevorstehenden Osterferien unterhalten, sie hatten sich an die Tage in Rom erinnert, sich die Namen und Gesichter ihrer damaligen Freunde in Erinnerung gerufen, als Crissanti den Lehrgang für den Maresciallo besuchte und das Mädchen wie es sich gehört in einer Akademie arbeitete, nachdem er sich jahrelang in halb Italien von unten heraufgearbeitet hatte.

Jetzt waren sie beim Nachtisch, bei den frittierten *sebadas* in Honig, bei den verliebten Sätzen, dem schelmischen Lächeln, der Lust, zu einem Haus, einem Bett zu laufen.

Aber sie liefen noch nicht zur Wohnung der jungen Frau,

sie rauchten noch eine Zigarette und gingen dann in enger Umarmung und erregt in die kalte Luft hinaus und zu Fuß weiter zu ihrem kleinen Lokal am Hafen mit Jazzpostern an den Wänden und Graffiti von schwarzen Schafen und goldgelben Katzen, Gläsern voll dunklem Wein und Pariser Hüten, setzten sich an einen Tisch in der Ecke und tranken einen Bitter und hörten einem schlanken blonden Jungen zu, der Saxophon spielte und alte Bebop-Stücke sang, und sie erinnerten sich noch an die Zeit, als sie ein Zimmer in Trastevere teilten und sich ganze Abende liebten, nur aufhörten, um die CD zu wechseln, um sich Gedichte auf Spanisch vorzulesen oder um, in einem Augenblick und ein für alle Mal, zu entscheiden, wer der beste Gitarrist aller Zeiten, der beste Tänzer, die sinnlichste Schauspielerin sei.

Sie war ein schönes Mädchen, diejenige, die in diesem kleinen, von Zigarren- und Zigarettenrauch erfüllten Lokal Crissantis Arm drückte, sie war ein schönes Mädchen und war jetzt über dreißig, was man ihr aber nicht ansah, man konnte sie, mehr oder weniger, für zwanzig halten, und in diesem Augenblick hatte sie ein schönes Funkeln in den Augen und war glücklich, und auch der Maresciallo war glücklich und dachte nur von Zeit zu Zeit an Marta, für wenige Sekunden, gerade lang genug, um sich zu fragen, welches Licht die Augen der Frau zum Leuchten gebracht haben mochte, als sie am Abend zuvor ihrem Mörder gegenübergestanden war.

Gehen wir?, fragte Roberta schließlich. Der Maresciallo nickte, nahm seinen Mantel und den der jungen Frau, zahlte, ließ das Trinkgeld auf dem Tisch, folgte dem Besitzer, der sie zur Tür geleitete, in der Dunkelheit dieser nach Meer und Salz riechenden Gasse eines Küstenorts küsste er seine große Liebe von einst, die größte aller Zeiten, dieses wunderschöne Mädchen, das sich auf eine Weise an ihn drückte, die ihn verrückt machte, Gehen wir, wiederholte die junge Frau, sie hatten es eilig, zum Wagen, zu ihrer Wohnung zu kommen.

Sie liebten sich ohne ein Wort, winselten nur leise und berührten sich überall, dann stand sie auf, ging in die Küche, um etwas zu trinken zu holen, der Maresciallo kramte in seiner Herrentasche, fand das kleine braune, in Aluminium eingewickelte Parallelepiped, teilte es in zwei Hälften, wählte eine Hälfte mit dem Feuerzeug, ließ die duftenden Krümel auf seine Handfläche fallen, vermischte sie mit dem Tabak einer halben Zigarette, vermengte das Gemisch mit den Fingern, schüttete es auf ein Stückchen Papier, nahm als Filter einen halben Fahrschein der Verkehrsbetriebe, zündete es an und rauchte, Droge, sagte er sich, Unsere Liebe Frau des Vergessens, ein dummer Spruch, den er irgendwo gelesen hatte, er fiel ihm in Augenblicken wie diesem immer ein.

Führerschein und Sparbuch, fiel ihm auch noch ein, Das ist eine rauschgifthaltige Substanz, nehmen wir ein Protokoll auf?, und ähnliche Sätze, die er tausendmal von seinen Kollegen gehört hatte, zwangsläufig mit römischem Akzent, und stumpfe Blicke von Dummköpfen mit Kragenspiegeln, und dann kamen ihm Verse in den Sinn, die Gendarmen mit Federbüschen, mit Federbüschen, mit Federbüschen und mit Waffen, und die Carabinieri, die nicht sehr pflichteifrig sind, außer sie tragen Galauniform und begleiten ihn zum ersten Zug.

Rosenmund, fiel ihm ein, Aus dem Dorf gejagt von einem aufgeblasenen Kollegen in seiner schönen Uniform, und er dachte an die Gendarmen, die an den Strand kommen und den Alten fragen, ob ein Mörder vorbeigekommen sei, und die Furche, die das Gesicht des Mannes durchzieht, wie eine Art Lächeln, Omertà, das Gesetz des Schweigens?, fragte sich Crissanti, halb entrückt vom Rauch, Alter zum Schweigen verpflichteter Fischer, eines der schönsten Lieder meines Lebens, und der Protagonist ist ein alter zum Schweigen verpflichteter Fischer oder vielleicht einer, der bewusst in die Irre leitet, Verhaftet ihn!, müsste ich meinen Männern zurufen, wenn ich ihm begegnen würde, Ins Gefängnis mit dem Alten und der Furche in seinem Gesicht!

Was machst du eigentlich in dieser Uniform, mein Lieber?, fragte sich der Mann, der erst knapp über dreißig war, sich aber von Gewissensbissen quälen ließ, von dem, was er sein könnte, aber nicht gewesen war: wenn er irgendwie das Studium beendet hätte, wenn er den Mut gefunden hätte, den Vater zu rächen, anstatt aus dem Dorf zu fliehen und sich als Feigling abstempeln zu lassen, wenn er seiner Schwester nach Frankreich gefolgt wäre, vielleicht um Teller in einem Restaurant abzuwaschen, wie sie es tat, wenn er einverstanden gewesen wäre, jene Frau im Veneto vor zwei Sommern zu heiraten, wenn wenn wenn wenn wenn.

Na, wer hat denn nun diese Frau umgebracht?

Roberta war mit dem Whisky zu ihm gekommen, hatte sich auf diese merkwürdige Weise auf dem Sessel zusammengekauert, wie nur Tänzerinnen es können, eingerollt und entspannt wie eine Katze, die gut gefressen hat; sie sah ihn mit einem Blick an, der seinen Kopf durchbohrte, der direkt in seine Gedanken zu blicken schien.

Ich weiß es nicht, erwiderte der Maresciallo, und das stimmte.

Du glaubst nicht, dass es der Ehemann war, stimmt's?

Er ist es nicht gewesen, erwiderte er, er hatte keine Lust, noch etwas hinzuzufügen, nahm das Glas, sah sie an, dankte ihr mit dem Blick, dass sie sich nicht einmal ein bisschen seit ihren römischen Tagen geändert hatte, dass sie noch immer dasselbe kleine süße Mädchen war, frei von der Familie und von den herrschenden Vorstellungen, von dem, was man tun und denken muss, mit zahlreichen Liebhabern, aber dennoch einmalig und besonders für jeden von ihnen, und intelligent, brillant und gut im Liebemachen und im Zuhören, Gott, dachte er, Vielleicht werde ich nie ein guter Carabiniere sein und sicher bin ich kein guter Sohn für meinen Vater gewesen, zumindest nicht gut in seinem Sinne, nicht hart und widerstandsfähig und rachsüchtig genug, wie alle dort unten es gewollt und verlangt hätten, und ich bin kein perfekter Student gewesen und bin erst zweiunddreißig und schleppe schon einen Haufen Fehler und schmerzliche Erinnerungen mit mir herum, wie vielleicht alle, vielleicht mehr als die anderen, Gott, ich weiß, dass es so ist und dass ich nichts daran ändern kann, aber ich bitte dich, lass mich, solange diese Frau bei mir bleiben will, ein guter Gefährte oder Liebhaber oder was auch immer ich für sie bin, sein, hindere mich daran, gewalttätig zu sein und ihr wehzutun, und lass mich immer verstehen, was sie von mir erwartet und wie ich es ihr geben kann, und vor allem bitte ich dich, lass es niemals nie nie nie geschehen, dass ich tue, was dieser Frau in der vergangenen Nacht angetan wurde, ganz gleich, was für ein Motiv ihr Mörder auch gehabt haben mag.

Und damit hatten seine Gedanken ihren Rundgang beendet und kehrten zu ihrem Ausgangspunkt zurück: die dunklen Dämonen des Mordes und die Hexe, die ihn im Schlaf besucht hatte, wer hatte Marta Deiana getötet?

Vielleicht solltest du aufhören, daran zu denken, wenigstens zehn Minuten, was meinst du? – sie küsste seinen Hals sein Kinn sein Ohr, öffnete den Mund saugte an seinem Ohrläppchen, glitt erneut zum Hals hinunter, zur Brust, zog das Unterhemd hoch, biss in eine Brustwarze, presste die Zähne ein wenig zusammen, fuhr mit der Zunge darüber, glitt zum Bauch hinunter, zum Bauchnabel, tiefer, kehrte zum Mund zurück, küsste und saugte, dann richtete sie sich auf, blickte ihm in die Augen, massierte ihm etwas die Schultern, sah, dass sein Gesicht noch immer angespannt war, streichelte seine Wange, seufzte leise.

Es ist so, dass ich das Gefühl habe, in einem Film gelandet zu sein, Roberta.

In einem Film zu landen, davon träumen alle. Möglicherweise ist es ein Buch.

Ja, genau, ein Krimi. Krimis langweilen mich.

Ich verstehe nie die Indizien, verliere den Faden, wenn die Verhaftung kommt, und muss zurückgehen, bis zum Beginn der Ermittlungen.

Wer sagt dir, dass es ein Krimi ist?

Ich bringe es einfach nicht fertig, mich als Sherlock

Holmes oder Maigret oder wen auch immer zu sehen. Ich bin ein Anthropologe.

Vielleicht ist es ja kein Krimi, vielleicht sind die Ermittlungen überhaupt nicht wichtig. Vielleicht ist es eine Liebesgeschichte, und du musst an die Liebenden denken und an ihr Verhältnis zur Liebe und zum Hass. Der Verdächtige war doch der Ehemann, oder?

Der betrogene Ehemann. Aber weißt du, was mein sizilianischer Schriftsteller sagt? Dass die Ermittler, wenn hinter einem Mord eine wichtige Geschichte steckt, sofort nach den Hörnern suchen, weil die leicht zu finden und sehr bequem sind.

Hör mal, diese Geschichte ist schließlich kein Buch deines sizilianischen Schriftstellers, und Nuraiò liegt nicht einmal auf Sizilien. Vielleicht sind die Hörner hier schwieriger und unbequemer als die Mafia. Versuch an die Liebe, an den Hass zu denken – sie stand auf, ging zum Regal, nahm ein Buch öffnete es, leckte über ihre Lippen, begann zu lesen:

und es war ein verlogener Morgen, einer der vielen Morgen, in die ein unheilvoller Traum trat: Es war ein Traum unheilvoller Ängste, verwüsteter Schollen, es war der Traum einer unmöglichen Liebe. Unsere Hände waren geöffnet, angenagelt wie die Hände Christi, sinnlos war unsere Hingabe, jemand verletzte uns an den Schultern, wer, weiß ich nicht; ich weiß nicht, wer, vielleicht eine menschliche Macht, vielleicht die Macht des Schicksals, vielleicht hast du selbst, Liebe, mich an den Schultern getroffen.

Schön. Allerdings ist mein Opfer nachts gestorben.

Sie ist in einer Nacht gestorben, die vorher einen Morgen gehabt haben wird. Warum findest du nicht heraus, was sie den ganzen Tag gemacht hat, wen sie gesehen, an wen sie gedacht hat, wen sie liebte und wen sie hasste eine Sekunde, bevor sie starb?

Vielleicht hat sie selbst, ihre Liebe, sie an den Schultern getroffen. Ich bin ein Carabiniere, der mit Gedichten ermittelt. Nicht schlecht.

Du bist auch ein Carabiniere, der Hasch raucht.

Das tun doch alle, das weißt du, nur dass wir es nicht kaufen. Wir sind die Ordnungskräfte, ich bin eine Ordnungskraft, Liebling. Ich beschlagnahme und nehme ein Protokoll auf, und wenn Lerici mich jetzt hier sähe, würde er ein Protokoll aufnehmen wegen Trunkenheit und Besitz von Substanzen et cetera et cetera, und vielleicht wegen Erregung öffentlichen Ärgernisses, wenn er dich so sähe, halb nackt und viel zu schön.

Ich liebe dich, sagte er dann, sie kam nicht dazu zu antworten, das Telefon läutete, und die Hexen und Dämonen standen erneut zwischen ihnen.

3

Fünf Uhr. Marta hat eine Verabredung für den Abend, aber sie denkt nicht daran, noch nicht, ein paar Stunden hat sie noch bis dahin, und es ist nicht einmal sicher, ob ihr Gast überhaupt kommt.

Sie hat etwas Plüschiges angezogen und hört Tango und Flamenco, sie hat Kopfschmerzen, vielleicht liegt es am Regen am schon dunklen Himmel.

Und doch ist es nicht immer so gewesen, denkt die Frau, auf der anderen Seite des Fensters geht Marianna Piga vorbei, die Cousine ihres Mannes, sechs Jahre jünger als sie und schon ein Jahrhundert alt, auf der anderen Seite des Fensters ist es dunkel, aber man hört noch immer die wütenden Schreie der Sechzehnjährigen, ganz in der Nähe, auf dem Schulhof, die Flüche, die Beschimpfungen, die heftigen Tritte gegen den Ball, Parieren Strafstöße Tor, die Motorroller, das Aufheulen der Motoren, das Kreischen der Bremsen.

Und doch ist es nicht immer so gewesen, denkt Marta, so mühselig dunkel grau.

Im Schlaf nach dem Mittagessen hat sie von ihrer Mutter geträumt, von ihrem Vater und seinem eingefallenen Gesicht eines müden Grubenarbeiters, das dumme Gesicht von Onkel Pasquale, dem Mundharmonikaspieler, Hochzeitsessen von inzwischen gestorbenen Verwandten, fortgegangen und nicht zurückgekehrt.

Draußen regnet es, Marta lauscht Gitarrenklängen und denkt an die Vergangenheit.

Der Vater von Marianna Obinu begleitete sie zum Meer, und manchmal kam auch Teresa, ihre Cousine, mit, und die jüngere Schwester Cristina, Madonna genannt, weil sie blaue Augen und ein vollkommenes Gesicht hatte, eine Statue, das schönste Mädchen im Dorf.

Das schönste nach Marta, die mit dreizehn bereits eine Schönheit war, der man mit offenem Mund nachsah, ein Mädchen wie gemalt, weiße Haut in einem Dorf, in dem die Menschen dunkler als die Nacht sind, Haut wie Milch, wie Meerschaum, befleckt von kastanienfarbenen Augen und Haaren und Lippen, ein kräftiger dicker Pinselstrich, mehr braun als rot.

Mit dreizehn waren sie glückliche kleine Mädchen, weil sie noch niemals zum Vergnügen ans Meer gefahren waren, noch dazu in einem Wagen, Dinge, die sie nie gesehen hatten.

Glückliche kleine Mädchen, weil es nie so gewesen war, dass eine nichts zu tun hatte und einen Ausflug machte.

Manchmal kamen sie bis Carloforte, auf dem Boot von Fischern, die mit Mariannas Vater befreundet waren, immer braungebrannte Riesen, mit breiten Schultern und dicken Armen, knorrig wie alte Eichen, die eine seltsame Sprache sprachen, immerzu fluchten, Marta sah sie lächeln und Wein auf dem angeschlagenen Boot trinken und dachte, dass so der Teufel sein müsse, von dem Großmutter Rosaria immer sprach: braun gebrannt und kräftig und lächelnd auf einem kleinen Boot, das sich ans Meer klammerte, und sie sagte sich, dass es eigentlich keinen Grund gab, allzu sehr Angst zu haben.

Sie hatte keine Angst mit dreizehn.

Sie hatte keine Angst wie jetzt, da sie mit dem Gedanken einschläft, dass es morgen noch immer genauso mühselig wäre, bis zum Abend zu kommen.

Sie hatte keine Angst vor Priester Aramu, vor seinen Reden über den geschwänzten Teufel, der die bösen Kinder quält, und die Trunkenbolde und die Frauen, die nie zu Hause sind, die Frauen, die arbeiten und den Mann allein lassen.

Sich lieben arbeiten reisen studieren: Worte des Teufels, vor allem für die Mädchen und die Frauen, brüllt Priester Aramu angewidert im Katechismusunterricht, das haarige Gesicht zu einer Fratze verzerrt.

Mit dreizehn starrt sie auf dem Boot der Fischer die Insel San Pietro an und denkt an jene Worte, an die nächtlichen Erzählungen von Tante Raimunda, Sünder ohne Frieden und Engel ohne Barmherzigkeit und Frauen ohne Glauben und Schätze, die in Flammen aufgehen, und Kinder, die von Zigeunern geraubt werden, und ihre Freundinnen bespritzen sich schreiend lachend mit Wasser, sie verliert sich mit dreizehn mit offenem Mund zwischen roten Teufeln und Schlössern und Krokodilen und Indianern und John Wayne, und inzwischen wird die Insel größer und kommt näher vor ihren Augen, und niedrige weiße Häuser tauchen auf, verstreut in der Landschaft, das genuesische Dörfchen aus Gassen und Plätzen, Klippen, die es abschließen, stolz und in sein Schicksal ergeben, und Marta, die keine Angst hat vor Tante Raimunda vor Priester Aramu vor dem Schwanz des Bösen vor dem Gürtel der Mutter, Marta denkt, dass dieses im Meer verlorene Dörfchen ein schöner Ort wäre, um dort die Abende mit dem richtigen Jungen zu verbringen, der kommen wird, wenn früher oder später auch sie groß sein würde.

4

Maresciallo, entschuldigen Sie vielmals, dass ich Sie störe, aber Sie müssen sofort kommen. Nicht in die Kaserne, ich gebe Ihnen die Adresse, ja, meine Schwester.

Hat der Richter angerufen?

Nein, er hat sich nicht gemeldet. Aber ich glaube, dass wir ihn danach unbedingt anrufen müssen.

In zwanzig Minuten bin ich da. Geht nicht aus dem Haus, bewegt euch nicht von dort fort, macht einen Kaffee.

5

Sieben Uhr. Ein heftiger Regen fällt, der niemals Schnee sein wird, denn so kalt es in dieser Gegend auch sein mag, gefrorene Flocken hat man nie gesehen, denn eine Woge von Licht wäre bereits ein Fest, die Kirche, die Gemeinde unter dem strahlenden Weiß, die Kinder auf den Straßen, die sich diesen Schnee lachend zuwerfen, Das wäre zu viel, denkt Marta Deiana und starrt auf die Straße, Zu viel fröhliches Licht, nur gefrorener Regen in Nuraiò, und dunkle Erde und kahle Bäume, hinter ihrem Fenster wartet Marta auf den Besuch, heute Abend, des letzten Mannes, der sie nicht langweilt, des letzten wirklich verbotenen Liebhabers, eines jungen Priesters, der sie küssen und dabei um Verzeihung bitten wird für weiß der Teufel was, der nicht mit ihr sprechen will, weil es nichts mehr zu sagen gibt, der Mann wird sich schweigend von ihr verabschieden und sich umdrehen und gehen, Marta wartet auf ihren ehemaligen Schüler, der Priester geworden ist, und glaubt, dass es eine traurige Nacht sein wird, und sie weiß noch nicht, dass nach diesem alten Liebhaber noch ein anderer kommen wird, sie werden sich fast auf der Treppe begegnen, die beiden, ein anderer alter betrunkener Liebhaber, der sie noch immer liebt.

Marta hat um sieben Uhr abends die Augen auf die Straße dort draußen gerichtet, sie denkt an die Zeit, da sie dreizehn war, als sie lebendig, glücklich war.

Mit dreizehn war sie die Erste, die in ihrer Familie ein Buch geschenkt bekam, neu, aus dicker Pappe mit Zeichnungen von Schlössern und Königen, das erste Mädchen in ihrer Familie, das mit einer Schultasche in die Schule ging, mit Buntstiften, mit dem Willen, diese seltsamen Tiere, die Worte, kennen zu lernen und mit ihnen zu spielen.

Mit fünfzehn war sie lebendig, wenn der Vater nach Hause kam, seinen gelben Schal um den mageren Hals, und zu ihr sagte, Du bist wunderschön, und ihr Haar küsste und ihr die Tränen in die Augen traten, weil er allmählich immer mehr Mühe beim Atmen hatte, und sie spürte, wie eine verdammte Angst, sie nicht erwachsen sehen zu können, immer stärker in ihm wurde, seine wunderschöne Tochter, als sie fünfzehn war und ihren Vater sah, dessen runzlige Augen sich schmerzlich schlossen, um die Tränen zurückzuhalten, sie fühlte sich stark wie sonst niemand, und es gelang ihr, ihn zu umarmen und ihm Kraft zu geben, nicht zu weinen, durchzuhalten, sich zu sagen, dass es nicht weiter schlimm sei, dass die Ärzte keine Ahnung hätten.

Das erste Mädchen, das einen Preis gewann, nicht einmal das Wort hatte sie jemals gehört, ein Wettbewerb.

Ein Preis für Aufsätze, ein Aufsatz über die Poesie, so viele vielköpfige Tiere, eines neben dem andern, Worte, die mehr sagen, als es den Anschein hat, Worte, die Geheimnisse haben: Gedichte.

Das hatte sie geschrieben. Wie der Klang des Meeres, schweigend auf den Klippen ausgestreckt mit deinem Freund, gefällt dir dieser Klang, wie Musik, aber was sagt er dir? Warum gefällt er dir, verstehst du ihn?

Du verstehst ihn nicht, zumindest nicht alles, aber er gefällt dir trotzdem, du spürst, dass sie etwas sagt, die Poesie, so ist es mehr oder weniger.

Ich habe verstanden, erwiderte ihr Vater, und sein rissiges Gesicht öffnete sich in einem Lächeln, Wie die amerikanischen Songs, und er presste kräftig ihre Hände, weil er es nicht loslassen wollte, sein Mädchen, das von Jungs zu sprechen begann, mit denen man allein auf die Klippen ging, Wie die französischen Chansons, man versteht nicht alles, aber man mag ihren Klang, sie umarmte ihn, erzählte ihm noch von Rom, von den Spaziergängen und der Stadt, die so groß und so schön ist, dass sie unecht wirkt, der Lehrerin, den Erzählungen über die Zenturios die Konsuln die Gladiatoren, als wären sie in diesem Augenblick hier bei ihnen gewesen und sie küsste seine Wangen und es brach ihr das Herz, ihn so husten zu sehen, die Brust erschüttert von den plötzlichen Anfällen, aber das Wort sagte sie nie, nicht einmal zu sich selbst, nicht einmal eine Sekunde, als wäre es wahrer, wenn sie es riefe, Staublunge, wie eine nasse Schlange, die unsichtbar kämpft und dich stumm beißt.

Sie fühlte sich stark mit fünfzehn.

6

Mein Sohn ist nicht schlecht.

Ich sage das nicht als Mutter, wirklich nicht, das müssen Sie mir glauben, er ist ein guter Junge, Maresciallo, das springt doch in die Augen, herzensgut, mein Sohn.

An allem sind nur die Drogen schuld, Maresciallo, nur sie sind schuld. Er ist nicht mehr er selbst, Dottore, er ist nicht mehr wiederzuerkennen, früher hätte er nie so was gemacht.

Seufzer Schluchzer unterbrachen immer wieder die Worte der Frau, mit einem Taschentuch trocknete sie die Tränen, die Tränen, die sie am Sprechen hinderten, von Zeit zu Zeit verstummte sie ganz, verloren in heftigem Weinen, verzweifelte Grimassen verzerrten ihr Gesicht, sie wirkte älter, als sie tatsächlich war, ihr Mann vermochte nicht zu sprechen, stumm und reglos saß er in einer Ecke und blickte auf seine Schuhe, Meloni hatte zu ihm gesagt, als er ihm die Gittertür öffnete: Das wird kein Vergnügen, Maresciallo, schlimmer als eine Beerdigung, und es herrschte tatsächlich eine Atmosphäre, als gäbe es einen Toten im Haus oder als sei gerade jemand unter die Erde gebracht worden, der Unteroffizier ließ die Frau zu Atem kommen, ließ ihr Zeit zu weinen den Himmel anzurufen zu schwören, alle zehn Minuten eine Frage, denn an sich war die Geschichte ja jetzt klar, anfangs hatte er sich von dem Gedanken ablenken lassen, dass Efisio in jener Nacht Drogen verkaufte oder kaufte und der

Junge sein Kunde war oder sich den Stoff mit ihm teilte, aber dann hatte sich herausgestellt, dass der Junge sich vor allem Kokain verschaffte, Gras Opium Kokain, meist gute Qualität, und dass Marras nichts damit zu tun hatte, außer dass er Melonis Neffen dieses kostspielige Laster finanzierte, Efisio Marras und ein paar andere aus dem Dorf, Zio Salvatore zum Beispiel, in jener Nacht ganz bestimmt diese beiden, denn die Mutter hatte es vom kleinen Badezimmerfenster aus gesehen, sie hatte es immer gesehen, sie sah und wusste alles, Und jede Nacht jeden Abend ist es, als würde ich sterben, hatte sie zu Crissanti gesagt, Denn der Teufel tut so, als würde er hier nebenan, im alten Haus der Großmutter Gott hab sie selig, allein leben, zwei Zimmer hat er sich eingerichtet, und was ich gesehen habe, habe ich gesehen, aber ich hatte nicht einmal den Mut, dem Vater zu erzählen, was ich gesehen habe, und jetzt bin ich gezwungen, es Ihnen zu sagen und meinem Bruder, anständigen Menschen, ich würde mir lieber die Zunge abschneiden, das schwöre ich Ihnen, als Ihnen solche Dinge über meinen Sohn zu erzählen, und Crissanti nickte, drückte mitfühlend ihren Arm, Gnädige Frau, wie die Kinder sich entwickeln, dafür können wir nichts, und mit weiteren ähnlich schwachsinnigen Sätzen versuchte er eine Weile dieses Weinen zu beruhigen, aber als er sah, dass alles nichts fruchtete, machte er Meloni ein Zeichen, ihm zu folgen, sie mit ihrem Mann allein zu lassen, damit sie irgendwie Frieden finden konnte, doch bevor er ging, blickte er der Frau ins Gesicht und fragte erneut, Sind Sie sicher, Signora, dass es Efisio war?, und sie schniefte und starrte den Maresciallo an, als habe sie begriffen, dass die Frage wichtig war, dass sie sich für ein paar Minuten beruhigen musste, Ich schwöre es Ihnen, sagte sie, Und es ist nicht möglich, dass Sie ihn mit Salvatore verwechseln? Unmöglich, Gott strafe mich, dann schwiegen beide einen Augenblick, während sie sich weiterhin anblickten, und schließlich stellte der Maresciallo die letzte Frage: Und wo ist Ihr Sohn jetzt?

Die Frau antwortete nicht, blickte auf ihre Hände, Bei einem Freund, einem anständigen Menschen, der ihm hilft, ich weiß, dass er ihm trotz allem, was erzählt wird, hilft, ohne ihn hätte es für meinen Sohn vielleicht sogar ein noch schlimmeres Ende genommen, und wieder fing sie an, stumm zu weinen. Wo ist er?, wiederholte Crissanti, der verstanden hatte, und sah Meloni an, und der Gefreite nickte, Giovanni, sagte er, und ohne noch etwas hinzuzufügen, ging der Unteroffizier zur Tür durch den Garten zum Wagen, Meloni folgte ihm, sah ihn an, wartete auf eine Bemerkung auf Befehle, Fahren wir zu Zio Salvatore, suchen wir ihn die ganze Nacht, wenn nötig, Versuchen wir es in seinem Garten, sagte der Gefreite, der Maresciallo überließ ihm den Platz hinter dem Steuer und öffnete das Wagenfenster. Bring sie mir morgen Früh alle in die Kaserne, ich hab das Theater satt, alle: deine Schwester, den Sohn und Giovanni, alle, und keine Sperenzchen mehr, Meloni nickte, ließ den Motor an und fuhr los.

7

Es regnet heftig und es ist kalt, auf dem Land in den Straßen im Dorf, Dunkelheit und Regen, Schwärze und Eis, es regnet heftig und es ist spät, Marta Deianas dunkle Augen sind auf den Mann gerichtet, der ihr gegenübersteht, sie fürchtet sich vor seiner Trunkenheit, vor seinen heftigen Worten, vor den zitternden Händen, Marta Deiana betrachtet den alten Liebhaber und hat Angst, und es gelingt ihr nicht, es begreiflich zu machen, zu erklären, dass alles vorbei ist, dass sie, nachdem ihr junger Priester fortgegangen ist, niemanden mehr will, dass sie frei und allein sein will, dass ihre Platten ihr als Gesellschaft reichen, und das Meer bei Cagliari, wenn sie Lust hat, und sonst nichts, keinen Liebhaber mehr, keine Eifersucht, kein wütendes Wort. Verschwinde, schreit die Frau, Ich ertrage es nicht mehr, ich habe dich und deine absurde Eifersucht satt, verschwinde, denn so ist mein Leben und daran kann keiner etwas ändern, Einsamkeit und Liebhaber für einen Abend, lass mich in Ruhe, es ist schon spät und ich bin müde und will unter die Dusche und dann schlafen gehen, verschwinde, du ekelst mich an, du überheblicher Trunkenbold, du bist nur gekommen, um mir eine Szene und Vorhaltungen zu machen, um zu fluchen und zu brüllen und das wenige Schöne zu zerstören, das es noch gibt, wenn ich dir in die Augen blicke, verschwinde, bitte verschwinde.

Aber der Mann scheint ihr nicht zuzuhören, er hat getrunken und geraucht, er ist gefahren und hat das Meer, die Wellen betrachtet, er hat Gedichte gelesen und gespürt, wie seine zitternden Hände alt werden, wie seine tiefschwarzen Augen alt werden, die sie jetzt anstarren, Martas Brüste Hüften Beine, der Mann hört ihr nicht zu, hört nicht, er denkt an den jungen Priester, den er herauskommen sah eine Sekunde, bevor er an die Tür klopfte, er denkt an den Jungen, der seine Frau fürs Leben küsst, an sie, die sich über das Glied Pater Albertos beugt, an Marta, die nackt neben ihm liegt, an sie beide, alte heimliche Geliebte seit jeher, an die hundert Arten zu genießen zu beißen zu stoßen zu schreien, die sie kennen, er denkt an seinen Bauch eines Fünfzigjährigen und an den Blues der letzten jungen Frau, der er begegnet ist, und wieder an Marta nackt neben einem Gesicht, das er nicht kennt, seine Frau fürs Leben gedreht dargeboten auf unanständige Weise, dunkle verworrene Bilder, Ausgeburten des Weins des Biers, Bilder, die ihm wehtun, die er sucht, die er will, um noch mehr zu leiden, um sie noch mehr zu hassen, Warum bin ich gekommen?, fragt er sich, Warum hasse und verabscheue ich sie und warum ist sie nicht still und bittet mich um Verzeihung, warum sagt sie, ich solle sie in Ruhe lassen, warum gehen mir diese drei Worte nicht aus dem Kopf, Eisen und Glas und Blut, warum lasse ich sie nicht in Ruhe und gehe? –

Aber er geht nicht, der betrunkene Mann, der vor Marta steht, und sie hat nicht mehr die Kraft zu schreien, ihn um Frieden zu bitten, sie sieht ihn, wie er ihre Brüste, ihren Körper anstarrt, sie fühlt sich tot ohne Blut ohne Stimme, sie hat Angst und weiß nicht mehr, was sie sagen soll, und sagt noch einmal, leise und in einem Atemzug, Verschwinde, bitte verschwinde, mittlerweile müsstest du es doch kapiert haben, DU MUSST, dass nichts mehr ist zwischen uns, dass ich nichts mehr fühle, ich bin tot, ohne Blut und Leben, ich bin alt und langweilig und habe angefangen, wie in den schlechten Filmen zu sprechen und mich allein zu betrinken, verschwinde, er seufzt stößt einen Schrei aus, irgendein Wort, einen albernen Satz wie Ich liebe dich oder Ich hasse dich, umarmt sie bittet sie um einen Kuss entreißt ihn ihr, klammert sich an ihren Pullover an ihren Rock, Schluss jetzt, sagt Marta, Ich habe dir gesagt, du sollst verschwinden, es reicht, verschwinde, lass mich in Ruhe, sie hat etwas Stimme wiedergefunden, beginnt wieder zu schreien, Verschwinde, kapierst du denn nicht, was tust du? Er macht weiter, versucht sie auszuziehen, drückt sie fest an sich, tötet Stimmen und Gedanken mit einer Kraft, weiß der Teufel, woher sie kommt woher er sie nimmt, Alkohol Hass Schmerz, Es reicht, ich habe das Gefühl zu sterben, ich bin tot, möchte Marta erneut sagen, sich verteidigen, ihn schlagen, um nicht geschlagen zu werden, aber sie schafft es nicht, sie hat keine Worte mehr und keine Tränen, nichts, und der Mann hört ihr sowieso nicht zu, seine tränennassen Augen sehen aus wie böse Scheinwerfer, jetzt, während er ihr den Büstenhalter mit einem heftigen Ruck wegreißt und sie an sich presst und erneut versucht, ihren Rock hinunterzuziehen, und dann begreift keiner von beiden mehr so recht, was da vor sich geht, Köpfe, die wehtun, platzen, Gedanken, schmerzliches Bedauern, Erinnerungen, Selbstbezichtigungen, Marta und ihr Liebhaber und all dies und vieles andere wild durcheinander in einem einzigen Augenblick, dann beginnt die Frau die Schläge zu spüren, plötzlich, heftig, der erste gegen die Bettkante, dann gegen den Schrank die Mauer den Boden, drei vier fünf Mal, und dann auf einmal wirklich das Ende, der Kopf, der sich öffnet, platzt, ein Strom rötlicher Flüssigkeit, der reinigt befreit Frieden schenkt, spült die Bitterkeit die schmerzlichen Erinnerungen die Beschuldigungen fort, fort, wer weiß wohin, mit ihrem Blut ihrem Leben, fort, mit dem sinnlosen Hass, mit der Liebe, die wirklich zu Ende ist, fort.

8

Meloni saß am Steuer, er schien an nichts zu denken, starrte auf die Straße, angespannt nervös, seine Hände umklammerten das Lenkrad, Crissanti ging das Wenige, das er herausgefunden hatte, noch einmal durch: Efisietto war es nicht gewesen, er hatte jetzt den Beweis, zumindest die Zeugenaussage, die stichhaltig war, weil sie von einer armen, für ihre Ehrlichkeit bekannten Christenfrau stammte, stichhaltig, weil die Zeugin ein Interesse gehabt hätte zu schweigen, doch stattdessen zog sie die Schlinge des schlechten Rufs um ihren Hals zu, der Verdammung durch alle, nur weil sie die Wahrheit sagte. Efisietto war es nicht gewesen, und das war ein Schritt vorwärts, aber die wichtigste Frage blieb nach wie vor unbeantwortet, und Crissanti formulierte sie erneut stumm in seinem Kopf, dröhnend, erwartet, Wer? Und er dachte wieder an die Regennacht, an die anderen Zeugen, an den jungen Priester, an die Verdachtsmomente an die Hypothesen, er dachte an Alberto Sannìo, wie er den Kopf seiner angebeteten Geliebten spaltete, an den jungen Priester, wie er außer sich vor Wut vor Marta Deiana stand, er ging noch einmal alle möglichen zeitlichen Abläufe durch, vergegenwärtigte sich erneut die sogenannten Details, die Einzelheiten, dachte, dass es möglicherweise noch andere Geheimnisse geben könnte, überlegte sich Fragen, die zu stellen wären, dachte an andere alte Leute, die anzuhören wären, Verwandte und Freunde und Feinde der Frau, fragte sich einen Augenblick, ob er ein guter Carabiniere war, er, der gescheiterte Anthropologe Martino Crissanti, der missglückte gute Sohn Martino Crissanti, der gescheiterte Rächer und der gescheiterte Akademiker, und dann bekam er sie satt, diese Gedanken, den üblichen Chor von Gewissensbissen von Zweifeln, sein Freund Giovanni kam ihm in den Sinn, im Bett mit Melonis Neffen, dessen Namen er nicht einmal kannte, Vielleicht gehen sie ja gar nicht miteinander ins Bett, sagte er sich, Aber was geht mich das eigentlich an?, und er dachte auch wieder an den Hund am Baum, an die Mülldeponie, die kommen würde, er bemerkte, dass sie in der Nähe dieser Zone waren, in der Nähe dieser Nutzgärten und Böden, die sterben würden, um Platz für die Abfälle zu schaffen, Der bittere Honig, den wir immer schlucken müssen, sagte er sich und dachte an die lächelnden Burschen in den Cafés der nahe gelegenen Stadt, an ein bequemes leichtes Glück, das man vielleicht wirklich finden könnte, das vielleicht nur er nicht wollte, an die Ermittlungen, an den geschäftemacherischen Senator, an den Richter, der den Mund verzogen hatte, er dachte an die Hexe und an die Erinnerungen und verwünschte sie erneut, schwor sich, dass er nie mehr Kaffee trinken würde, lachte dann sofort über diesen Meineid, und dann dachte er an nichts mehr, denn sie hatten den Garten erreicht, Meloni bog in den Weg ein, kam zum alten Gitter, Mein Gott, schrien beide gleichzeitig, stiegen rasch aus, während der Motor noch lief, Mein Gott, wiederholte der Maresciallo, zwei Schatten verfolgend.

9

Zio Salvatore, schrie Meloni und zog an der Jacke des Alten, Wach auf, los, und während er schrie, fürchtete er, er könnte tot sein und ihn nicht hören, dann fühlte er seinen Puls und spürte, dass er noch schlug, Ich verstehe dich, dachte der Gefreite, Ich verstehe, dass du nicht aufwachen willst, dass du lieber da liegen bleibst, denn das ist keine Welt mehr für uns, so etwas hat man noch nie gesehen, das hat weder Hand noch Fuß, und er dachte an den Neffen an das Kokain an Efisietto, an das, was sie gesehen hatten, als sie den Wagen verließen, er und Crissanti, zwei Holzbretter zu einem Kreuz zusammengefügt, die Hündin Cenerina, die abgespreizten Beine angenagelt, die bereits angezeichneten Punkte am Feigenbaum, die Punkte, an denen sie die Bretter aufgehängt hätten, das Tier dort hängend gekreuzigt im Wind sterben lassend, der Alte war nicht weit entfernt ohnmächtig geworden, einen blauen Fleck am Kopf Blut auf der Stirn, sie mussten ihn eben erst niedergeschlagen haben, überrascht von seiner Ankunft, während sie ihr Werk beendeten, Meloni hörte Schritte, rief in die Dunkelheit, Wer ist da?, es war Crissanti durchweicht vom Schlamm, der allein zurückkam, Bastarde, rief er und bückte sich, Hast du den Krankenwagen gerufen?, und während er das fragte, kam er sich dumm vor, Eine Frage wie aus einem Fernsehfilm, sagte er sich, hob sachte den Kopf des Alten hoch, der eine Sekunde die

Augen öffnete, versuchte, den Hals zu drehen sich umzublicken, was ihm nicht gelang, der ein wenig zu Atem kam und mit schwacher Stimme fragte, Wo ist sie, wie geht es ihr?, Meloni verstand, nickte, Sei ganz ruhig, ihr kommt beide mit dem Leben davon, wir haben einen Tierarzt gerufen, er wird gleich da sein, der Mann verzog die Lippen versuchte zu lächeln, Tut mir leid, flüsterte er, Ich wollte morgen Früh kommen, um zu reden, tut mir leid, Maresciallo, Crissanti schüttelte den Kopf, sagte zu dem Alten, er solle ruhig sein, sich nicht unnötig anstrengen, eine Minute lang herrschte Schweigen, dann konnte der Carabiniere sich nicht zurückhalten, fragte ihn, ob er gesehen habe, wer die beiden Bastarde gewesen seien, die in der Dunkelheit geflüchtet seien, Salvatore nannte die Namen und es waren die Namen, die die beiden kannten, Warum?, fragte er den Alten noch, die Frage hallte in der Stille in einem Echo wider, das alle drei erschauern ließ, Das Land, brachte Salvatore mühsam heraus, Sie wollten mich zum Verkauf zwingen, dann begann er zu weinen zu schluchzen, Ich konnte nicht, hörte Crissanti ihn noch sagen, Ich konnte nicht, ich konnte nicht, endlich kam der Krankenwagen, mit seinen Scheinwerfern zerriss er die tiefe Dunkelheit der Felder, sie nahmen den Alten mit, der noch immer schluchzte, der Arzt sagte zu Meloni, dass keine Lebensgefahr bestehe, der Gefreite nickte grüßte dankte, drehte sich zu Crissanti um, der über den sterbenden Hund gebeugt war, sah, wie er seine Brust berührte, das Winseln des Tieres tat ihm in der Seele weh, Mein Gott, dachte der Gefreite, Was machen wir?, fragte er Crissanti, der den Kopf schüttelte, Sie stirbt, sagte er, Sie hat nicht einmal mehr die Kraft zu heulen, er streichelte erneut das Tier, spürte, wie ihm Tränen in die Augen traten, die Scheinwerfer des Jeeps beleuchteten die Szene, er nahm die Pistole, entsicherte sie, trat einen Schritt zurück schoss, sie drehten sich um, gingen zum Wagen zurück, Hast du irgendeine Idee, wo sie sein können?, der Gefreite bejahte, Ich fahre, fügte er hinzu, es sah wieder nach Regen aus.

10

Und auch jetzt, da sein Kopf ganz bei der Sache ist, dem Faden folgt, der zu Schuldigen und Unschuldigen führt, auch jetzt hört er das Echo jener Tage, Martino Crissanti, geflohener Dorfbewohner, Ordileser Verräter im Kampf mit den Erinnerungen, das Begräbnis des Hotelbesitzers, der den Gästen das Essen brachte, der Koch des Selbstbedienungsrestaurants Supramonte, der sich beim fünfzehnten Schnaps mit den Freunden rühmte, die beste Bratwurst gemacht zu haben, die der eingekerkerte Sänger jemals gekostet habe, der von den Titten der Frau des Dichters mit dem Respekt sprach, den man den Damen den Musen schuldig ist, der alte Mirteddu Maine, der am Herzkollaps gestorben war, während er von hinten die alte Gefährtin vögelte, das Begräbnis von Zi' Mirteddu rüstiger Frauenheld und alle Begräbnisse in der Kindheit des Maresciallo, aller Schurken, die das Gesicht guter Menschen, aller Verdammten, die das Gesicht argloser Freunde hatten, der ganzen alten Garde der guten Manieren und der Werte, aller Jungen, die starben, weil sie es so eilig hatten, immer mehr Angst einzujagen, die Begräbnisse seines Gedächtnisses in den festlich geschmückten Häusern, den Häusern der Banditen, erstickt von Truhen aus dem neunzehnten Jahrhundert und Schränken aus toskanischem Nussbaum, gekauft direkt auf dem Kontinent, die Gemälde, fünf Millionen wert, die Gobelins die Stiche die Radierungen, die Händler aus Nuoro, die reich geworden waren, indem sie Geld für die Arte wuschen, den Häusern der Aktiengesellschaft, die an dunkler Macht zur Schau gestelltem Reichtum erstickten, das Begräbnis im April von Zi' Mirteddu, der mit steifem Schwanz gestorben war, der kochend heiße Kaffee im Wohnzimmer mit Blick auf die Gasse, feuchte Wände und laue Sonne von den Fenstern her, das Statut von Logu eingerahmt über dem Kamin, ein wertvoller alter Druck im Silberrahmen, Da ist er, sagt sich Martino Crissanti ein weiteres Mal in der Erinnerung, Da ist er, der kleine Götzenaltar, unser täglich angeschmierter Herrgott, die Selbstregierung und die Mystik der Nation, das Dokument des segensreichen rechtskräftigen Urteils von Arborea, die Richter, die mit dem gesunden Menschenverstand gerechter Väter und einem Gefühl für Barmherzigkeit richten, das Heiligenbildchen, das zu beweihräuchern und zu lobpreisen ist, die Selbstregierung, die Mystik der Nation, die Identität steckt hier in unseren Gamaschen, in unserem nach Schnaps riechenden Atem, Feuer auf den Stadtrat, der nicht bauen lässt, und Schrot auf die Jeeps auf die Straßenschilder, das Begräbnis von Zi' Maine in seinem Haus mit seinen weinenden Kindern, das Statut von Logu und die Mystik der Inselnation, wir regieren uns selbst, fort nach Hause mit den Fremden, denn niemand kann uns etwas über Vernunft und Gerechtigkeit beibringen, und wenn von Zeit zu Zeit einer auf dem Platz unter den Freunden hinter einer Mauer vor der Treppenstufe zum Haus stirbt: Fehler junger Burschen, Unachtsamkeiten, wie sie überall vorkommen, aber die Selbstregierung und die Justiz in unserer Hand, und niemand mischt sich ein und greift zum Gewehr.

11

Schließlich war er gekommen, der Rüffel des Richters, ein Wutanfall wie er im Buche steht, hatte Crissanti gedacht, während er schweigend zuhörte, Flüche und endlose Tiraden über Aufgaben und Hierarchien und die heilige Pflicht, stets die Vorgesetzten zu informieren, doch immerhin war es dem Maresciallo gelungen, den Bericht zu beenden, die Verhaftung der Hundekreuziger und die Beschlagnahmung ihrer Drogen, die sie in Fraus verkaufen wollten, und daraufhin hatte er erneut die Proteste und Drohungen des Richters über sich ergehen lassen müssen, unerhört, das sei noch nie dagewesen, so etwas vor allen verborgen zu halten, sie seien wirklich verrückt, Crissanti und Meloni, aber der Maresciallo wurde der Sache allmählich überdrüssig, sagte immer nur Ja und entschuldigte sich und versuchte ihm die ganze Geschichte der Mülldeponie unterzujubeln, und seine Theorie über die Drogen, die er bei den beiden gefunden hatte, den Bastarden, die Giovannis Hund und Cenerina so übel mitgespielt hatten, die erzählt hatten, dass sie sie als Bezahlung von anonymen Auftraggebern erhalten hätten, er berichtete von den Drohanrufen, die Zio Salvatore bekommen hatte, der Maresciallo Crissanti, und gab zu verstehen, dass es seiner Meinung nach eindeutige Zusammenhänge zwischen der Mülldeponie und den Drohungen und den Kreuzigungen gebe, und er versuchte sogar, wobei er sich den Spaß machte, die Stimme etwas zu senken und schwach klingen zu lassen, er versuchte, den Namen des mächtigen Senators zu nennen, und da hörte er den Richter erneut heftig wettern, Was zum Teufel sagen Sie da, Maresciallo?, und dann fing er sich wieder und fasste sich, der Richter, und seine Stimme klang wieder ruhig, Ich erwarte Sie heute Abend in meinem Büro, sagte er in einem Atemzug, Und führen Sie ein paar Telefonate wegen des Priesters, denn er ist der Einzige, den wir noch haben, und lassen Sie sich ja keine neuen Überraschungen einfallen, denn diese Scheißgeschichte zieht sich allmählich endlos in die Länge und wird unerfreulich, sehen Sie zu, dass Sie die Sache endlich professionell in die Hand nehmen.

Gewiss, sagte der Maresciallo und versuchte an nichts zu denken, während er gezwungen war, sich erneut zu entschuldigen, ohne so recht zu wissen wofür. Die Sache professionell in die Hand nehmen, gewiss, ein Priester, der mit einer verheirateten Frau schläft, und ein Carabiniere, der mit Gedichten ermittelt, ein junger Priester und ein verdorbener Alter, der einen anderen verdorbenen Menschen entlastet, indem er sich für immer beschmutzt, die Informanten der Billardbar und ein chronisch Kranker, der in ein verfluchtes Dorf verliebt ist, das er hasst, gekreuzigte Hunde und die vier Trottel in dieser Kaserne. Ein ziemlich orthodoxer Fall, wiederholte er für sich und sah wieder die zitternden Hände von Salvatore su maccu in der Mordnacht vor sich und die schwarzen Augen von Melonis Schwester, das finstere Gesicht des Ehemanns stumm wie ein Toter und das skeptische Gesicht des Gerichtsarztes und seine kleine Soziologie der Sexualgewohnheiten der emanzipierten

Dorfbewohner, er sah all die Besuche seiner Hexe wieder und das aufgelöste Haschisch in seinen Händen, die halbnackte Roberta, die ihm von Indizien sprach, und Meloni verlegen wegen seiner Patin, der vergesslichen Zeugin, und den Zirkus der schwatzhaften Trunkenbolde in der Mordnacht in der Kaserne, die von Zeugen überquoll, Gehörnte, die zu jungen Burschen gehen, und weise Alte, die zu jungen Burschen gehen, und halb Drogensüchtige, die den Schuldigen entlasten, und halb Schwule, die mir philosophische Ratschläge geben, siebzigjährige hinkende Zeugen und Priester-Stürmer, die wegen des Todes der Geliebten weiß der Teufel wohin fliehen, Gewiss, sagte sich erneut der Maresciallo von Nuraiò, Martino Crissanti, Ein orthodoxer Fall, professionell zu lösen, der Satz hörte sich gut an, glatt wirkungsvoll, wie aus einer Pressemitteilung und mit ernstem Gesicht vorgetragen in den Zwanzig-Uhr-Nachrichten, dann wiederholte der Richter wie einen Befehl die Verabredung in seinem Büro und legte auf, der Carabiniere blieb allein, den Hörer in der Hand, legte auf, blickte hinaus, zu den schwarzen Wolken.

12

Während er in der Kaserne sitzt und erneut über Verdächtige und Indizien, Verbrechen und Schuld nachdenkt, hört Maresciallo Crissanti das Lachen der Hexe, aber er will ihr nicht zuhören, er versucht Ordnung in seine Gedanken zu bringen oder eine Stunde zu schlafen, die Dame grinst, lenkt ihn vom Telefon, von den Stimmen im Korridor ab, flüstert ihm noch zu, dass die Geschichten nicht enden, sondern flink in dunkle Gassen einbiegen, sich verstecken und miteinander verflechten und Vollständigkeit vortäuschen und die Illusionen über ihre Komplexität zunichte machen, alle Geschichten einschließlich seiner, und die Carabinieri können nichts anderes tun, als die Fäden zu verknüpfen, sie zu ziehen, ohne sie mit einem zu heftigen Ruck zu zerreißen, zu zerstören, er fühlt sich traurig und leer, der Maresciallo, ertappt sich dabei, wie er sich fragt, wodurch er eigentlich die frühere Fröhlichkeit verloren hat, die er doch einmal gehabt hatte, als er morgens allein hinauslief, als es ihm Freude machte, nichts zu tun und den Himmel, die jungen Falken zu beobachten, als das Dorf und die Berge enge Freunde waren wie Menschen, als der kleine Martino in die Stadt ging, um die Volkslieder und Volkstänze zu lernen, als zwei Mädchen genügten, damit alles schön aufregend wurde, als die Augen der Freunde wach und scharf waren und keiner allzu sehr darüber nachdachte, wer er war, was er war und sein sollte, wie es später dann immer der Fall sein sollte, wenn man erwachsen, verwaist, fast fremd geworden war, wie später jedes Mal, wenn man ins Dorf zurückkam, als niemand mehr vor allem und mehr als alles andere ein Freund war, als er Waise und der Sohn des Ermordeten geworden war, und dies war Martino Crissanti, und etwas anderes konnte er nicht sein, und zu allem Überfluss wurde er dann auch noch Carabiniere Soldat Polizeischerge, die Hexe des Maresciallo lacht, grinst, erinnert ihn an die Begegnungen mit den alten Freunden aus dem Dorf, nachdem er die Uniform angezogen hatte, in den Städten des Nordens, zufällige Begegnungen, ein Bier, ein Glas zusammen getrunken, Erinnerungen ausgetauscht, gelacht, aber immer auf der Hut, da man in dir jetzt fast den Städter und den Ordnungshüter sieht, und der Akzent, der sofort kritisiert wird, Kann es sein, dass du wie einer vom Kontinent sprichst?, und sofort die lästige Pflicht, antworten, Rechenschaft ablegen zu müssen, der Zwang, sich auf nie begriffene Kodexe, auf Regeln und Pflichten und Schemata, die vielleicht keiner je begriffen hat, beziehen zu müssen, der *fileferru* am Morgen, auch wenn du gar nicht willst, und immer musst du bezahlen, weil du der Hausherr bist, weil du einen Monat vor deinem Freund in jene Stadt gekommen bist, reden, sich nach der Familie, nach allen Vettern und Cousinen bis zum vierten Grad erkundigen, denn andernfalls heißt es gleich, du hast uns vergessen, du bist eingebildet und rümpfst die Nase über uns. In der schlechten Nachmittagslaune kehren auch die Erinnerungen und die Stimmen zurück, die von Onkel Pruneddu, der jetzt sicher hinter Gittern sitzt, und die des Vetters und der alten traurig-zornigen Mutter, die trotz allem im steinernen Haus bleibt, unbeugsam stolz, wie man es hier ist, wie ES SICH GEHÖRT.

Maresciallo Crissanti verscheucht die Erinnerung an die Stimmen der Vergangenheit, schwört sich erneut, das Laster des übermäßigen Kaffeekonsums aufzugeben, fragt sich, ob diese Erinnerungen, die ihn quälen und erschöpfen, endlich aufhören werden, ob er endlich Ruhe finden und friedlich wird schlafen können, sobald der Übeltäter oder derjenige, der für ihn bezahlt, gefasst sein wird, er hört das Telefon im Nebenzimmer läuten, den Gefreiten und seine grimmige Stimme, Crissanti schüttelt sich, gähnt, steht auf, geht zum Fenster, um den Regen zu beobachten, die Stimme von drüben mahnt ihn zur Pflicht.

13

Wir haben ihn, sagte der Polizist am Telefon zu ihm, Wir haben Ihren Priester, und er fragte Crissanti, ob er ins Präsidium kommen wolle, um ihn sofort zu verhören, oder ob es ihm lieber sei, wenn sie das übernähmen. Der Maresciallo machte sich sofort auf den Weg, Meloni folgte ihm stumm, fragte ihn lediglich, wo sie ihn gefasst hätten, Am Flughafen, erwiderte Crissanti, Er erkundigte sich nach Flügen nach Australien, Er hat einen Vetter dort, erklärte der Gefreite seufzend, Letztlich hatte ich also doch recht, dass Albertino nach Hause zurückkommt oder ans andere Ende der Welt flieht, dann schwiegen beide, sie kamen auf die Piazza Repubblica, die nicht sehr belebt war, parkten, grüßten den Polizisten am Eingang und die Kollegen, die sie im Büro erwarteten, der Kaffee war gerade eingeschenkt worden, sie wechselten, während sie ihn tranken, ein paar Worte über das Wetter, den Regen, Meloni fragte Crissanti, ob es ihm etwas ausmache, allein zu Alberto Sannìo zu gehen, es tue ihm in der Seele weh, den Jungen in einer Zelle zu sehen, Schon in Ordnung, antwortete ihm der Maresciallo, ließ sich die Tür aufschließen und stand vor seinem neuen Verdächtigen Nummer eins, dessen Gesicht vom entgangenen Schlaf ganz zerknittert war, mit riesigen Ringen unter den verweinten Augen, Alberto Sannìo?, fragte er, der andere drehte sich um, blickte ihm in die Augen, ohne zu antworten, Ich bin der Maresciallo von Nuraiò, der junge Mann stand auf, stellte sich vor ihn, Was wollen Sie von mir?, seine Stimme klang hohl überreizt, er packte den Carabiniere bei den Schultern, Was zum Teufel wollen Sie von mir? Trauen Sie mir wirklich eine solche Schweinerei zu?, und er umklammerte noch heftiger Crissantis Schultern, der erstarrte, die Augen bis auf einen Spalt schloss und ihn hart anblickte, Setz dich, sagte er, Und beruhige dich, aber der Junge hörte nicht, er hielt die Augen starr auf diejenigen des Maresciallo gerichtet, schien aber durch sie hindurch zu blicken, auf etwas, das nur er sah, Ich bin tot, sagte er auf einmal, und dann trat er plötzlich zurück und setzte sich auf den Boden, mit dem Rücken an der Wand, bedeckte sein Gesicht mit den Armen und begann zu weinen, der Maresciallo erinnerte sich nicht, dass man überhaupt so weinen konnte, in einer Stille, die ganz Verzweiflung und Zusammenbruch war, verfehlte Schreie, weil einem der Atem, das Blut und die Luft fehlen. Crissanti ging zu ihm, diesmal berührte er ihn an der Schulter, suchte nach Worten, die er nicht fand, der junge Mann hob erneut das Gesicht, Es stimmt, ich bin schuldig, sagte er, Aber nicht dieser barbarischen Tat, dessen nicht, Maresciallo, zu so etwas wäre ich niemals fähig, Sie können nicht wissen, was diese Frau mir bedeutete.

Der Carabiniere dachte, das wäre vielleicht der richtige Moment, ein paar Fragen zu stellen, es zumindest zu versuchen, aber der junge Mann kam ihm zuvor.

Ich bin bei Marta gewesen, ich nehme an, das wissen Sie bereits, ich bin in jener verfluchten Nacht dort gewesen, zum letzten Mal, hatte ich mir gesagt, hatten wir uns gesagt, danach wäre ich abgereist und hätte versucht, ein guter

Priester zu werden. Es war nur ein Abschiedsbesuch, Maresciallo, aber es hat nicht funktioniert, wir haben es nicht fertig gebracht, tapfer zu sein und uns zu verabschieden und auf Distanz zu bleiben. Wir haben miteinander geschlafen, dessen bin ich schuldig, und tausend anderer Dinge. Ich habe das Gefühl, in meinem Leben nur Fehler gemacht zu haben, und das Schlimmste ist, dass ich nicht einmal zu begreifen vermag, was für Fehler ich eigentlich genau gemacht habe.

Ich verstehe dich, wollte Crissanti sagen, aber er beherrschte sich: Du bist mein Verdächtiger, dachte er, Und wenn ich hier hinausgehe, muss ich diesem Scheißkerl von Richter Rede und Antwort stehen, mal sehen, ob ich etwas aus ihm herausholen kann, er sah den Jungen an, hoffte, dass er nicht wieder zu weinen anfinge, Wir werden Proben von dir nehmen, sagte er, Um sie mit Rückständen zu vergleichen, die wir gefunden haben ... kurz und gut, wenn du es nicht gewesen bist, wird es nicht schwierig sein, es zu beweisen, Ich habe mit ihr geschlafen, unterbrach ihn der junge Mann, und der Maresciallo erinnerte sich an die Spermaspuren und begriff, dass sie ihn festnageln würden, auch wenn die Hautrückstände unter den Fingernägeln des Opfers nicht von ihm stammten, und fassungslos fragte er sich, warum, was ihn eigentlich glauben ließ, dass der Junge nicht das Ungeheuer war, das sie suchten, der junge Mann begann wieder zu weinen und sich zu verfluchen, Crissanti wusste nicht mehr, was er noch fragen oder sagen sollte, er wusste, dass der Richter ihn nicht auf freien Fuß setzen und dass es nicht leicht sein würde, seine Unschuld zu beweisen, er gab ihm noch einen Klaps, der fast eine Umarmung war, überließ ihn seinem Weinen und verließ die Zelle, Meloni blickte ihn wortlos an, Gehen wir zum Richter?, fragte er nur, der Maresciallo nickte, Die Mülldeponie, sagte er sich, jener Name fiel ihm wieder ein, er spürte, wie seine Beine zitterten.

14

Der Senator – wiederholte der Staatsanwalt und setzte ein schönes Lächeln auf, ein offenes und unbeschwertes Lächeln, ein herzliches Lächeln, Der Senator, und erneut sagte er jenen Namen – Maresciallo Crissanti, Sie beharren also darauf? Auf der Jagd nach Hirngespinsten, auf den naiven Kreuzzügen, Sie glauben an die Guten, die die Bösen bekämpfen, an das große Finale, an den Mut, der in Verrücktheit umschlägt?

Der Carabiniere sah ihn schnaubend an, er spürte plötzlich, dass ihm das alles auf die Nerven ging, dieser elegante Mann, seine laute Stimme, seine Argumentationen, die zu Monologen wurden, es ging ihm auf die Nerven, ihm zuhören und immer vorsichtig sein zu müssen. Hören Sie, sagte er und erhob sich von seinem Stuhl, Lassen wir die Wutausbrüche, die Spitzfindigkeiten, reden wir nicht lang darum herum – tatsächlich hatte er nicht einmal zu hoffen gewagt, ernst genommen zu werden, vor allem nachdem er jenen Namen ausgesprochen hatte, nachdem er sein Gewicht in der Luft gespürt hatte, wie damals am Telefon mit dem jungen Mann, vielleicht sogar noch stärker, den schwer lastenden Namen, lastender denn je, hatte er die Hoffnung, den Willen verloren, etwas zu erreichen, und dennoch drängte es ihn, zu einem Abschluss, zu einem Ende zu kommen, zu einem Streit möglicherweise – Werden wir konkret, einverstanden?

Er hatte die Hand auf den Schreibtisch des Richters gestützt, sein Atem ging schnell, sein Gesicht war angespannt, der andere blitzte ihn an, lehnte sich in seinem Sessel zurück, sein Lächeln verschwand für einen Augenblick, kehrte sofort zurück.

Setzen Sie sich und hören Sie mir zu, Maresciallo, denn eben das ist in solchen Fällen nicht möglich, praktisch zu denken. Ich könnte es vielleicht, aber ich will nicht. Mehr noch, ich kann es auch gar nicht.

Ich verstehe alles, ich weiß alles, Ihr Bericht hat Logik und Sinn: Drohungen, damit dieser Salvatore sein Land verkauft, das sich genau dort befindet, wo die Mülldeponie entstehen wird, Drohungen gegen Ihren Freund, damit er aufhört herumzuschnüffeln, anonyme Zahlungen an die beiden Tölpel, damit die Auftraggeber im Dunkeln bleiben, ein verborgener Teufel, der die Fäden zieht und droht und kontrolliert: alles ganz klar, alles perfekt. Und mehr noch, Maresciallo: Es ist wahrscheinlich, dass der Name, den Sie mir nennen, der richtige ist, der des wahren Verantwortlichen, des durch und durch bösen Teufels. Aber dennoch, denken Sie doch mal ernsthaft nach: Die Kreuzzüge, es ist albern, dass ich es überhaupt erwähnen muss, die Kreuzzüge werden nicht gewonnen, nur weil man wahrscheinlich recht hat. Und es ist nicht nur das, es sind nicht nur die bescheidenen Kräfte, es ist auch vollkommen sinnlos. Worüber sprechen wir denn eigentlich? Versuchen wir einen Augenblick praktisch zu denken, wie Sie es verlangen: eine Mülldeponie, Umweltbelastung und Abfälle, die entsorgt werden müssen, die schlecht entsorgt werden, die Rückstände des Konsumverhaltens aller, Maresciallo, der Preis für das, was wir haben, für das, was wir sind. Ich bedaure, dass Sie meine Argumente nicht hören wollen, denn, wie ich höre, sind Sie doch ein halber Anthropologe, und meine Argumente sind schließlich kulturelle Argumente, ich spreche von dem, was wir tun müssen, denn die Abfälle sind der eigentliche Kern dessen, was wir sind, dessen, was wir geworden sind, und deswegen werde ich auch nichts unternehmen, werde ich Ihren Wünschen nicht nachkommen.

Ich hatte mir überlegt, Ihnen einen sizilianischen Schriftsteller zu zitieren, den vielleicht auch Sie mögen, ich wollte Ihnen eine Passage über die Insel vorlesen, die mit dem Ozelot versinkt, der am Bug auf den Hinterbeinen steht, und die Farben von Guttuso in seiner Flaggengala und die engagierten Schriftsteller und die Widerwilligen und die Verrückten und die Gehörnten – Sie sehen, ich kenne sie fast auswendig –, ich wollte Ihnen von den historischen Momenten erzählen, die sich wiederholen, und von der Unbeständigkeit jeder Macht, vor allem der, gegen die Sie ermitteln und die Sie bestrafen müssen, und von der Sinnlosigkeit der Heldentaten, der Rebellionen und davon, dass alles seit langem verloren ist und dass wir nichts tun können, dass wir nichts ändern können, aber ich bemerke, dass ich mich vergaloppiere, dass Sie mich vermutlich nicht verstehen, mich für einen Feigling halten könnten, und das ist nicht der springende Punkt. Daher wähle ich ein anderes Zitat, kehren wir zu unseren großen Schriftstellern zurück, zur größten. Sie mögen die Deledda nicht, stimmt's? Sie brauchen nicht zu antworten, Ihre Grimasse sagt alles, und ich verstehe Sie, ich kenne die bekannten Kritiken der Nuoreser und der Sarden über Deledda, über ihren Stil, ihren leicht manieristischen

Exotismus. Zum Teil sind sie berechtigt, aber es bleiben ein paar meiner Meinung nach geniale, erhellende Seiten, und eine muss ich Ihnen doch vorlesen, um mich verständlich zu machen, es sind die Worte, die der alte weise Schäfer dem jungen ungeduldigen Knecht sagt, der die Reichen um ihr Glück beneidet.

Er stand auf, nahm einen Band aus einem kleinen Regal an der Wand, schwarz, in Leder gebunden, öffnete ihn, blätterte kurz und begann zu lesen:

Die Herren! Was, glaubst du, sind die Herren? Menschen wie wir. Und glaubst du, dass sie zufrieden sind? Durchaus nicht! Junge, warum lege ich dir das in den Mund? Wir sind alle geboren, um zu leiden, um unser Kreuz zu tragen. Nicht einmal tot würdest du an der Stelle dieser Herren sein wollen, die du für glücklich hältst – wenn du wüsstest, was in ihrem Topf kocht. Hinter ihren Augen steckt ein Ungeheuer, das sie verschlingt: Sie sind schwach und körperlich krank und niederträchtig und erbärmlich. Sie sind voller Schulden, Sorgen, Ängste, und ihr Lachen ist wie das silbrige Hohngelächter eines schon zerbrochenen Tellers, der immer noch neu aussieht. Sie schlafen mit allen, aber sie lieben nicht und werden von keiner Frau geliebt, wie wirst du so sein können, wenn du arbeiten und dir auf ehrliche Weise einen Schafstall und eine Ziegenherde verschaffen wirst? Sie spielen, sie spielen! Ach, Kinder meines Herzens! Sie spielen, wie die sterbende Fliege im Herbst summt. Und wer hindert dich daran zu spielen? Geh ins Tal, schneide das zarte Rohr, mach dir ein Paar Lockpfeifen wie die Schäfer der Ebene. Deine Musik wird immer besser sein als diejenige der Gitarren der Herren. Sie essen und schlafen? Isst und schläfst du etwa nicht? Warum du keine guten Dinge isst? Aber weißt du, dass sie die guten Dinge erheblich schlechter verdauen als du das Gerstenbrot?

Crissanti hatte ihm zugehört, während er las, seine Wut hatte sich gelegt, er wartete darauf, dass der Richter weitersprach und zum Ende kam, er hatte keine Lust mehr, wollte nicht weiter zuhören, wollte nichts antworten.

Wir sind alle Herren geworden, Maresciallo, alle, auch Sie und Ihr schwuler Freund. Ein guter Junge, Ihr Freund, gebildet und klug, ich kenne ihn nicht persönlich, aber wir haben gemeinsame Bekannte, vor einiger Zeit ist er der Freund meiner Tochter gewesen. Aber auch er ist ein Herr geworden, wie alle, und leidet unter den gleichen Bauch- und Seelenschmerzen wie die Reichen in dem Buch, und der springende Punkt ist doch: Wenn man eine Mülldeponie oder das Zubetonieren einer Landschaft oder eine neue Autobahn verhindert, tut man damit niemandem einen Gefallen, denn die Anständigkeit interessiert doch niemanden, niemand will mehr Gerstenbrot oder Lockpfeifen aus zartem Rohr blasen, niemand hat auf den Rat des Alten gehört, niemand hat Angst vor den Bauchschmerzen, vor der Gefahr, die Frauen zu Huren zu machen.

Nehmen wir nur Ihren Freund: Was ist dieser Giovanni denn im Grunde? Ein empörter Kritiker, der sich in dieser Rolle gefällt, einer, der etwas anderes geworden ist, als man in seinem Dorf seit jeher gewesen ist, der gelernt hat, das Beste der Stadt und des Kontinents anzunehmen, und nur ab und zu packt ihn die Reue, überkommt ihn die schmerzliche Erinnerung daran, wie schön die Welt früher war, wie schön die Welt wäre, wenn sie sich nicht geändert hätte. Aber wenn wir noch zur Zeit der Herren und der Schäferknechte lebten, Signor Maresciallo, denn wäre Ihr Freund ein Bauernknecht und Sie ein Schäferknecht und es gäbe keine Mülldeponien, aber auch keine Geliebten in der Stadt, erreichbar in einer halbstündigen Fahrt.

Es reicht, sagte Crissanti, erhob sich erneut, ging zu einem Fenster, blickte hinaus, gerne wäre er fortgelaufen, ins Dorf zurückgekehrt, Hören Sie auf, das führt doch nirgendwohin, das führt doch zu nichts. Und außerdem reden Sie genau wie Giovanni, wissen Sie das? Der gleiche Zynismus, völlig identisch.

Von Zynismus kann keine Rede sein, Maresciallo, werden Sie nicht banal, versuchen Sie mir zuzuhören. Ich komme auf den Punkt, denn das ist es ja, was Sie wollen, kommen wir zu einem Ende. Und dieses Ende läuft auf die Frage hinaus, Was machen wir jetzt, und ich antworte Ihnen sofort, und damit schließe ich ab, was ich vorhin gesagt habe, und werde noch einmal sehr praktisch: Ich glaube nicht, dass die Schuldigen bestraft werden müssen. Ich glaube nicht, dass das eine mögliche Aufgabe ist, es scheint mir übertrieben, utopisch, eine rhetorische Verstellung des Systems.

Was in Wirklichkeit von mir verlangt wird und von Ihnen verlangt wird, ist, die Schuldigen zu verfolgen, die als solche empfunden werden, auf die allgemeine Empörung zu hören, sie zu beschwichtigen. Das klingt etwas banal, aber so kann ich mich besser verständlich machen: Wenn in zehn oder zwanzig Jahren die sogenannten Leute, die Masse, wegen einer Mülldeponie, wegen einer zubetonierten Küste auf die Barrikaden gehen, dann wird es unsere Aufgabe sein, den

Schuldigen zu suchen. Wohlgemerkt, das geschieht bereits, in Dörfern, in denen man sich wegen solcher Dinge aufregt, aber nicht jetzt und nicht hier. Auf dieser Insel müssen wir im Augenblick eine andere Empörung beschwichtigen, ein anderes Ungeheuer suchen: dasjenige, das eine Frau getötet hat, eine Geliebte vermutlich: Und wenn dieses Ungeheuer ein Priester ist, umso besser, denn er hat sich doppelt schuldig gemacht, und auch der Seufzer, den wir alle ausstoßen werden, wird ein doppelter sein, wenn wir wissen werden, dass er hinter Gittern sitzt, leidet und bezahlt, fern von uns, daran gehindert, weiteres Unheil anzurichten.

Sie sehen also, den Kriminellen, den es zu verfolgen gilt, gibt es, und Ihre Aufgabe ist es, ihn zu verfolgen, nämlich diesen durch und durch bösen Menschen, der Marta Deiana getötet hat, und damit sind wir wieder am Anfang.

Oder wir sind nirgendwo, sagte Crissanti, auf dem Weg zur Tür, Wie Sie meinen, erwiderte der Richter schnaubend und hob eine Hand, um seinen Gast zu verabschieden, Auf Wiedersehen und viel Erfolg, Maresciallo, der Carabiniere nickte zum Abschied und ging auf den Korridor hinaus, Ich scheiß drauf, schrie er, ein Amtsdiener drehte sich um und sah ihn schief an, Ich scheiß auf alle, er versuchte sich auf Marta zu konzentrieren, auf ihren im Blut liegenden Körper, versuchte sich zu motivieren, weiterhin zu gehorchen, sich seinerseits zu empören, stärker, als es ihm möglich war, den Mörder ein Ungeheuer zu nennen, in Alberto den Schuldigen zu sehen, ihn zu hassen, um ihn besser bestrafen zu können, er fragte sich, ob ein anderer in diesem Augenblick in der Welt diese Last zu tragen imstande sei, eine Frau getötet zu haben, ohne dafür zu bezahlen, er fragte sich, ob der

Mörder nachts schlafen könne, mit der Erinnerung an Marta in den Augen, ob er nicht bereits seine Strafe verbüßte, wer immer er auch sein würde, wenn er ihn schließlich gefunden und ins Gefängnis geworfen haben würde.

15

Sie hatten den Motor noch nicht abgestellt, als der Gefreite Lerici ihnen schon entgegenkam, mit erregtem Gesicht und aufgeregter Stimme, Wir haben es geschafft, rief er dem Maresciallo zu, der die Wagentür schloss, Was soll das heißen?, fragte Crissanti ihn schnaubend, noch immer verloren in seiner schlechten Laune, in der Erinnerung an die Diskussion mit dem Richter, Eine Zeugin, erwiderte jener, Eine junge Frau, kommen Sie, kommen Sie, und er schob den Vorgesetzten fast in sein Büro, wo tatsächlich eine junge Frau aufstand, ihm zulächelte und ihm eine Hand voller Ringe und Armbänder reichte, der Maresciallo erwiderte den Gruß und setzte sich in seinen Sessel, Erzählen Sie, sagte Crissanti und ermutigte sie mit einem Lächeln, während er begann, sie zu mustern, hübsch und jung, beige und braun gekleidet, ein granatapfelfarbenes Band hielt ihr Haar zusammen, Sind Sie der Maresciallo?, fragte die junge Frau, der Carabiniere musste lächeln, Warum, kommt Ihnen das merkwürdig vor?

Sie wirken sehr jung, ich habe mir einen alten Mann mit Bauch, breiten Schultern, unfreundlichem Benehmen vorgestellt – sie lächelte und war sympathisch, ein Piercing in der Nase und ein weiter Rock – Das ist auch ein Grund, warum ich nicht sofort gekommen bin. Ich mag Carabinieri und Polizisten nicht besonders.

Ich verstehe, sagte Crissanti, Ich verstehe, und wartete, dass sie mit ihrer Aussage begänne.

Vor allem nachts.
nachts gibt es viele Sterne,
alle in einem Fluss
wie ein Band an den Fenstern
der Häuser voll armer Leute.

Pablo Neruda

1

Nicola Rau starrt auf das Wasser des Flusses, der eisig unter seinen Füßen fließt, auf dem Rand sitzend, die Beine im Leeren, die Hände hinter dem Rücken aufgestützt, er spürt seinen Bart, den er seit drei Tagen nicht rasiert hat, er ist über vierzig und spürt sie alle, die Knochen die Beine die Schultern, sein Körper ist schwer wie seine Gedanken, ein kalter klitschnasser Winternachmittag, blauer Mantel, verlorener Blick, Nicola Rau hat das ganze Leben schnell gelebt, liebend und fickend und leidend und singend, er betrachtet das strömende Wasser, sieht sich wieder als Junge, aber für Erinnerungen und Bedauern ist jetzt nicht die Zeit, er ist ein Mörder, er hat eine Frau umgebracht, er kämpft schweigend mit dem Gedanken des Endes, sich in den Fluss zu stürzen, allem zu entfliehen, sich dem Rio Arresu, der reißenden Strömung zu überlassen, Körper und Gedanken befreit von der Last, ein toter Mörder, der schnell zum Meer oder zum Teich flieht, auf jeden Fall weit weg, das Ende jedenfalls.

Vor langer Zeit hatte Nicola Rau schöne Lieder über Kämpfe und Gewehre geschrieben, über Frauen, die warten, über einsame Witwen, Reiter, die aufbrachen und niemals zurückkehrten, über Bäume gekrümmt, gebeugt vom Hass, von der Last der Schreie, von in der Schlacht verwundeten Soldaten, um die sich niemand kümmert, über Pferde, die auf die feindliche Front zustürmen, schneller als die Befehle der Kinderoffiziere.

Vor langer Zeit, denkt schweigend der Sänger, der Mörder, wäre ich nie auf den Gedanken gekommen, mich in einen Fluss zu stürzen, aber heute, mit vierzig und einem spitzen Gesicht, was hält mich zurück?, eine zufällig geheiratete Frau, kennen gelernt bei der Arbeit im Büro, die ich hasse, die mich erstickt und tötet, die mich unnütz und zum Trottel macht, eine ziemlich hässliche Kollegin, die meine Frau werden wollte, wer weiß, warum ich sie wirklich geheiratet habe, an einem Tag im Juli in irgendeiner Kirche, Verwandte von ihr, die mich gerührt umarmten, Namen, die ich nicht kenne, die ich noch immer verwechsle

ich habe zufällig und irrtümlich eine Frau geheiratet, auch wenn sie mich liebt mich vergöttert

ich habe Verwandte bekommen in einem Dorf, das nicht meins ist, in das ich geflüchtet bin, um in Ruhe alt zu werden, ich, der ich nicht einmal im Schlaf ruhig bin, ein kleiner ordentlicher Garten, ein paar Abgeordnete als Freunde, teure Kunstbücher, die mich fremd aus glänzenden Glasfenstern ansehen

ich habe Platten und Kassetten, die ich nicht hören kann, weil es mir schon Schmerz und Qual bereitet, sie nur anzusehen, weil es Strophen, Worte sind, tönende Anklagen, wegen der Dinge, die ich nicht gemacht habe, weil der Mut mir fehlte, ich erinnere mich an ein Konzert während der Messe in der Stadt, zweitausend Menschen singen meine Verse an einem Sommerabend vor hundert Jahren, ich habe die Mundharmonika am Mund, erkaltet, schwermütig, ich habe schmerzliche Erinnerungen an Leben an Träume von anderen, ein Leben lang geraucht, die Wellen betrachtet, gelesen geschrieben gesungen gereist, sie nur für mich zum Lachen gebracht, ein Leben noch, um Neues auszuprobieren, um zu kämpfen, zu versuchen, etwas zu ändern, ich habe eine Geliebte, die ich getötet und der ich die Knochen zerschmettert habe, ich habe einen Fluss vor mir, der mich befreien kann

ich stürze mich hinein, denkt er plötzlich, denn er ist ein Mörder und auf die eine oder andere Weise ist er bereits verurteilt, in einem Gefängnis zu sterben oder sich selbst zu töten, das ist sicher nicht dasselbe, aber im Augenblick vermag er den Unterschied nicht zu erkennen.

Nicola Rau hat in letzter Zeit Kilos und sein Lächeln verloren, im Spiegel seines Zimmers hat er die Erinnerung an den knochigen Burschen mit dünnen schwarzen Locken wiedergefunden, an den Jungen, der er einmal war, Nicola Rau wacht nachts auf, erinnert sich an die Zärtlichkeiten so vieler Mädchen, die durch seine Betten gegangen sind, in Frankreich und Deutschland und Holland und Mailand und Turin, er hat den Geruch von vielen von ihnen in der Nase, angenehme Düfte, strenge Gerüche nach Sex und Schweiß, er nimmt den genauen Geschmack jener Münder wahr, Ist es möglich, fragt er sich, Nach zwanzig Jahren? Mädchen, verlassen an einem Morgen, an einem Nachmittag nach dem Kino, an einem Abend nach der letzten Zigarette des letzten Päckchens in einer Mansarde in Hamburg, Mädchen, die alle perfekt schienen, die immer die Richtige zu sein schienen, perfekt, um auf die Insel zu fliehen, bald sehr bald, um schreibend singend Sonnenuntergänge malend alt zu werden, aber sie waren nie die Richtige, sie langweilten ihn immer viel zu schnell, so sehr, dass er das Gefühl hatte zu ersticken, kein Wort mehr sagen zu können, und so endete es dann, ein kühles Schweigen nach einem falschen Satz, eine Beleidigung, eine Ohrfeige an einem Fluss einem Kanal.

Nicola Rau erinnert sich an Marta Deianas zertrümmertes Gesicht und will sich in den Fluss stürzen und davonlaufen, sich retten vor den unruhigen Nächten voller Schreie und Erinnerungen, vor dem Geschmack des Bluts, der seinen Mund erfüllt, Schreie und Blut, die nur Täuschung sind, böse Rache des Gewissens.

Von Zeit zu Zeit denkt er an Efisio, seinen Freund und Rivalen, der seinen Namen nicht genannt, dem Maresciallo die Lösung für alles vorenthalten hat, bestimmt aus Scham, denn für Efisio ist Nicola ein Dieb, ein Bastard, ein Frauendieb, der sich nie zufrieden gibt, Efisio, der so tun muss, als sei nichts zwischen Marta und Nicola, dass ja niemand darüber spricht, dass niemand etwas weiß, wie hoch der Preis auch sein mag, ein nicht bestrafter Mörder wegen unsichtbarer Hörner, Ich bring dich um, hat er einmal zu ihm gesagt und ihm starr in die Augen geblickt, auf der Hochzeit eines gemeinsamen Freundes im Sommer, Wenn du nicht aufhörst, sie zu sehen, bring ich dich um, ich weiß alles, sie will dich nicht, sie ist meine Frau und wir lieben uns und ich bin bereit zu töten, Nicola, ich bring dich um, das schwöre ich dir bei Gott, er denkt an Efisios Gesicht an jenem Tag, tiefdunkel vor Wut, Nicola Rau, unentschlossener Mörder, Ich stürze mich hinein, sagt er sich erneut, Marta kehrt hinterrücks zurück mit überaus lebhaften Erinnerungen, ihr Gesicht an jenem verfluchten Abend, Ich bitte dich, lass mich in Ruhe, ich bitte dich, geh, flehend schwach kraftlos weinend, Ich bitte dich, lass mich in Ruhe, geh weg, schön wie immer, kleines Mädchen und Frau und seine Wut, der verfluchte Abend, das Blut an der Wand, die Wärme der Hände auf ihrem Hals, Blut, das auf Kleider und Haare spritzt, die Treppen hinuntergerannt, sein schwarzes Auto, die klebrigen Hände, als er das Lenkrad umklammert, Geschmack von Lippenstift auf den Lippen der Zunge, wund von den Küssen, Geschmack von Lippenstift und bitterem Bier und süßem Blut, auf der Zunge den Lippen im Mund.

Gott, brüllt Nicola Rau zum Himmel hinauf, Gott, diese Erinnerungen, noch immer der Geschmack im Mund ihre Stimme im Ohr, Was tust du, lass mich, bitte tu mir nicht weh, Gott, diese Geräusche, Knochen, die gegen Kanten und Wand schlagen, der Kopf, der nachgibt bricht sich öffnet, das Geräusch, o Gott, meine Wut die Tränen die Augen, die tränennassen und müden und schmerzenden Augen und auch jetzt noch, o Gott, es ist, als wäre es jetzt und immer, es gibt keinen Zweifel es gibt keinen Frieden und keinen Ausweg, Gott, wenn ich mich in den Fluss stürze, vergib mir, gib mir eine Strafe, die mich vergessen lässt, wieder Mensch werden lässt, das Blut abwäscht, den Geschmack die Schreie diese Augen vertreibt, immer habe ich diese schwarzen Augen vor mir, die plötzlich erloschen sind, ein Leben lang sie angesehen sie geliebt von ihnen geträumt und dann plötzlich erloschen, wirklich und für immer,

Gott,

brüllt Nicola und weint zu den Wolken,

Gott wenn es dich gibt dann bitte ich dich mir zu vergeben

Für ihr Vertrauen und ihren Rat danke ich:

Costantino Cossu, Alberto Pattono, Roberta Santachiara, Giulio Angioni, Aurelio und Raffaela, Paolo Soriga, Paolo und Francesca, Kate Harvey, Giancarlo Porcu, Luca und Nina, Andrea A. Di Carlo, Bruno Tognolini, Paolo Fresu und Granfranco Cabiddu, Salvatore Ligios, Stefano und Gigliola, Giosuè und Nicola, Luciano Marrocu, Giorgio Todde und Rosalba, Salvatore Karrone, Paola Mazzarelli, Giuseppe Marci, Gianfranco Pinna, Peppe und Raffaele, Nino Mele, Marcello Fois, Laura, Pietro und Gian Michele, Francesca Salvago, Antonio Marras, Giorgio und Rosalba, Delia Frigessi, Franco Limardi, Grazia Casagrande, Carlo Dessì und Renzo Galanello, Bruno und Pinella, Enrico Remmert und Luca Ragagnin, Argena und Flavio, Calogero, Paola und Giuseppina, Errico Bonanno, Giuliana Altea, Luigi Boneschi, Bastiana Madau, Martina Fanari.

Die Originalausgabe erschien 2002 unter dem Titel
Neropioggia bei Garzanti Libri s.p.a., Mailand.

FSC
Mixed Sources
Product group from well-managed
forests and other controlled sources

Cert no. GFA-COC-1223
www.fsc.org
© 1996 Forest Stewardship Council

Verlagsgruppe Random House FSC-DEU-0100
Das für dieses Buch verwendete
FSC-zertifizierte Papier *Munken Print*
liefert Arctic Paper Munkedals AB, Schweden.

Deutsche Erstveröffentlichung

Satz: Greiner & Reichel, Köln
Druck und Einband: Clausen & Bosse, Leck
Printed in Germany
ISBN 978-3-630-62116-6

www.luchterhand-literaturverlag.de